宋詩精華錄

【清】陈　衍　选编

高克勤　点校　集评

上海古籍出版社

图书在版编目(CIP)数据

宋诗精华录 /（清）陈衍选编；高克勤点校、集评.
—上海：上海古籍出版社，2019.9（2025.6重印）
（国学典藏）
ISBN 978-7-5325-9215-9

Ⅰ.①宋⋯　Ⅱ.①陈⋯　②高⋯　Ⅲ.①宋诗—诗集
Ⅳ.①I222.744

中国版本图书馆 CIP 数据核字（2019）第 074139 号

国学典藏

宋诗精华录

［清］陈　衍　选编

高克勤　点校　集评

上海古籍出版社出版发行

（上海市闵行区号景路159弄1–5号A座5F　邮政编码 201101）

（1）网址：www.guji.com.cn
（2）E-mail：guji1@guji.com.cn
（3）易文网网址：www.ewen.co

江阴市机关印刷服务有限公司印刷

开本 890×1240　1/32　印张 11.625　插页 5　字数 280,000
2019 年 9 月第 1 版　2025 年 6 月第 4 次印刷
印数：5,651 — 6,700
ISBN 978-7-5325-9215-9
Ⅰ·3384　定价：52.00 元
如有质量问题，请与承印公司联系

前　言

高克勤

　　宋代是中国古代文化高度成熟与发育定型的时期,如陈寅恪先生所说:"华夏民族之文化,历数千载之演进,造极于赵宋之世。"(《邓广铭〈宋史职官志考证〉序》,《金明馆丛稿二编》,上海古籍出版社1980年版)邓广铭先生也认为:"两宋期内的物质文明和精神文明所达到的高度,在中国整个封建社会历史时期之内,可以说是空前绝后的。"(《谈谈有关宋史研究的几个问题》,《社会科学战线》1986年第2期)作为宋代文化组成部分的宋代文学,同样也达到了一个新的高度,其总体成就与唐代文学相比毫不逊色。宋代的许多文学大家,如欧阳修、王安石、苏轼、朱熹等人,同时也是文化巨人,这更是宋代文坛迥异于其他朝代的一个显著特点。

　　但是,长期以来,对于宋代文学的研究,较之唐代文学研究来说是很不够的,宋代文学研究总体成果和总体研究的深度与广度,与宋代文学在文学史上的地位是不相称的。即使从宋代文学研究的自身格局来说,也存在着一些失衡和空白之处,重宋词而轻宋诗就是突出的一点。前人从文体的角度,提出"一代有一代之所胜"(焦循《易馀籥录》卷一五)、"一代有一代之文学"(王国维《宋元戏曲史》)的观点,并以词作为宋代的"一代之文学"。但这种观点,只有从中国文学诸文体发展的角度来看才是正确的。正如王水照先生所说:"宋词以我国词体文学之冠的资格,凭借这一文体的全部创造

1

性与开拓性,为宋代文学争得与前代并驾齐驱的历史地位。……若认为宋词的成就超过同时代的宋诗、宋文,则就不很确当。"(《宋代文学通论》,河南大学出版社1997年版)因此,我们对宋诗要予以足够的重视。

以宋诗与唐诗比较而言。据北京大学出版社出版的《全宋诗》统计,已收的宋代诗人近万家,收诗20余万首,均为《全唐诗》的五倍。宋代的诗人上自帝王将相,下至平民百姓,涉及社会的各个阶层。尤其是北宋开国后,北宋统治者采取了包括广立学校、扩大科举、优待文人、提高文官地位等一系列开明政策,广开言路,一大批知识分子得以入仕,从而使宋代不仅名臣辈出,学者辈出,许多诗人都合名臣、学者于一身,有的还位至宰执,如韩琦、欧阳修、王安石、范成大、文天祥等,他们的诗作与当时政治有密切的关系,反映了当时的社会现实,对社会产生了广泛的影响。较之宋词,宋诗更广泛真切地反映了宋代的社会现实。较之唐诗,宋诗的题材更加广泛,艺术表现手法更为多样。在唐代诗人已经取得巨大成就的基础上,宋代诗人并没有止步不前,而是在艺术上另辟蹊径,自成面目,出现了不少开宗立派的著名诗人,如梅尧臣、苏舜钦、欧阳修、王安石、苏轼、黄庭坚、陈与义、陆游、范成大、杨万里等,从而取得了可以与唐诗相提并论的地位。关于唐诗、宋诗的优劣和区别,今人钱锺书、缪钺先生的论述最为公允。钱先生在《谈艺录》(中华书局1984年版)中指出:

　　唐诗、宋诗,亦非仅朝代之别,乃体格性分之殊。天下有两种人,斯分两种诗。唐诗多以丰神情韵擅长,宋诗多以筋骨思理见胜。严仪卿首倡断代言诗,《沧浪诗话》即谓"本朝人尚理,唐人尚意兴"云云。曰唐曰宋,特举大概而言,为称谓之便,非曰唐诗必出唐人,宋诗必出宋人也。故唐之少陵、昌黎、香山、东野,实唐人之开宋调者;宋之柯山、白石、九僧、四灵,则宋人之有唐音者。《杨诚斋集》卷七十九《江西宗派诗序》曰:"诗,江西也,非人皆江西也。"……诗人之分唐、宋,亦略同杨序之恉。……夫人禀性,各有偏至,发为声诗,高明者近唐,沉潜者近宋,有不期而然者。故自宋以来,历元、明、清,才人辈出,而所作不能出唐、宋之范围,皆可分唐、宋之畛域。

其《宋诗选注·序》(人民文学出版社 1982 年版)进一步指出:

> 有唐诗作榜样是宋人的大幸,也是宋人的大不幸。看了这个好榜样,宋代诗人就学了乖,会在技巧和语言方面精益求精;同时,有了这个好榜样,他们也偷起懒来,放纵了摹仿和依赖的惰性。瞧不起宋诗的明人说它学唐诗而不像唐诗,这句话并不错,只是他们不懂得这一点不像之处恰恰就是宋诗的创造性和价值所在。……宋人能够把唐人修筑的道路延长了,疏凿的河流加深了,可是不曾冒险开荒,没有去发现新天地。

他对宋诗总的评价是:"整个说来,宋诗的成就在元诗、明诗之上,也超过了清诗。"(同上)这是对宋诗成就和地位的最精当的概括。

缪钺先生认为:

> 唐诗以韵胜,故浑雅,而贵酝藉空灵;宋诗以意胜,故精能,而贵深折透辟。唐诗之美在情辞,故丰腴;宋诗之美在气骨,故瘦劲。唐诗如芍药海棠,秾华繁采;宋诗如寒梅秋菊,幽韵冷香。唐诗如啖荔枝,一颗入口,则甘芳盈颊;宋诗如食橄榄,初

觉生涩,而回味隽永。譬诸修园林,唐诗则如叠石凿池,筑亭辟馆;宋诗则如亭馆之中,饰以绮疏雕槛,水石之侧,植以异卉名葩。譬诸游山水,唐诗则如高峰远望,意气浩然;宋诗则如曲涧寻幽,情境冷峭。唐诗之弊为肤廓平滑,宋诗之弊为生涩枯淡。虽唐诗之中,亦有下开宋派者,宋诗之中,亦有酷肖唐人者;然论其大较,固如此矣。

……就内容论,宋诗较唐诗更为广阔。就技巧论,宋诗较唐诗更为精细。然此中实各有利弊,故宋诗非能胜于唐诗,仅异于唐诗而已。

唐诗以情景为主,即叙事说理,亦寓于情景之中,出以唱叹含蓄。惟杜甫多叙述议论,然其笔力雄奇,能化实为虚,以轻灵运苍质。韩愈、孟郊等以作散文之法作诗,始于心之所思,目之所睹,身之所经,描摹刻画,委曲详尽,此在唐诗为别派。宋人承其流而衍之,凡唐人以为不能入诗或不宜入诗之材料,宋人皆写入诗中,且往往喜于琐事微物逞其才技。……夫诗本以言情,情不能直达,寄于景物,情景交融,故有境界,似空而实,似疏而密,优柔善入,玩味无致,此六朝及唐人之所长也。宋人略唐人之所详,详唐人之所略,务求充实密栗,虽尽事理之精微,而乏兴象之华妙。……故宋诗内容虽增扩,而情味则不及唐人之醇厚,后人或不满意宋诗者以此。(《论宋诗》,《诗词散论》,上海古籍出版社1982年版)

这是对唐诗、宋诗风格的最准确、形象的评述。

然而自宋起,就有关于唐诗、宋诗的优劣之争。欧阳修的《梅圣俞墓志铭》将梅尧臣诗与唐人之作相比较,称赞梅尧臣诗"非如唐诸子号诗人者,僻固而狭陋也",已启唐诗、宋诗优劣之争端。而南宋的张戒则认为：“自汉、魏以来，诗妙于子建（曹植），成于李（白）、杜（甫），而坏于苏（轼）、黄（庭坚）。……子瞻以议论作诗，鲁直又专以补缀奇字，学者未得其所长而先得其所短，诗人之意扫地矣。……苏、黄之习气净尽，始可以论唐人诗。”（《岁寒堂诗话》）严羽的《沧浪诗话》更主张“以盛唐为法”，批评宋代诗人“以文字为诗，以才学为诗，以议论为诗”的风气。明、清两代诗人，或主唐音，或宗宋调。直至当代，关于唐诗、宋诗的优劣之争犹未平息（参见齐治平《唐宋诗之争概述》，岳麓书社 1984 年版）。

正因为长期以来有唐诗、宋诗优劣之争，而且对唐诗的关注超过宋诗，因此有关宋诗的辑录、选注工作远逊于唐诗，民国之前不仅没有一部如《全唐诗》一般汇集一代诗歌的《全宋诗》，而且也没有一本像《唐诗三百首》一般风靡人口的宋诗选本。民国以前，有影响的宋诗总集主要有清康熙年间吴之振、吕留良等辑《宋诗钞初集》106 卷，和清乾隆年间厉鹗辑《宋诗纪事》一百卷。前者辑录诗人 84 家，收诗 2 780 首；后者所录诗人有 3 212 家。稍有影响的宋诗选本主要有清乾隆年间张景星、姚培谦等编选的《宋诗别裁集》（一名《宋诗百一抄》），是书收宋诗 645 首，作者 137 人。直到民国期间陈衍编选的《宋诗精华录》出版，宋诗才有了一个影响广泛的选本。《宋诗精华录》也可以说是 1958 年钱锺书选注的《宋诗选注》出版前最重要的一个宋诗选本。

陈衍（1856—1937），字叔伊，号石遗，福建侯官（今闽侯）人。他学识渊博，著述繁多，在经学、史学等方面都有很深的造诣。尤深于诗，是清代末年诗坛“同光体”（即宋诗派）的理论代表，在当时影响很大。清代乾隆、嘉庆以还，朴学考据之风盛行，注重学问、义理的所谓“学人之诗”盛行一时，其代表人物是翁方纲。翁氏论诗倡肌理，强调质实，以肌理为褒贬诗的标准，认为：“宋人精诣，全在刻抉入里,而皆从各自读书学古中来,所以不蹈袭唐人也。……唐诗妙境在虚处,宋诗妙境在实处。"(《石洲诗话》)在他的倡导下,诗坛上宗宋思潮蔚为风气。道光年间,魏源、曾国藩等人又倡宋诗运动,使宗宋派在诗坛占据了统治地位。降及同治、光绪年间,更发展为以宗宋为主的"同光体"诗派,其代表诗人为陈三立、沈曾植、郑孝胥、陈衍等。"同光体"的名称,即始于陈衍与郑孝胥(苏堪)之戏言。陈衍《沈乙庵诗序》云:"同光体者,苏堪与余戏称同、光以来诗人不墨守盛唐者。"

《宋诗精华录》是陈衍晚年在无锡国学专修学校任教授时讲授宋诗的自编教材,如程千帆先生所说,是"老人对于宋诗之'晚年定论'"(《读〈宋诗精华录〉》,《古诗考索》,上海古籍出版社 1984 年版)。

陈衍论诗以兼师唐宋二代为宗,实际上是在为宋诗争地位。他曾提出著名的"三元说":

> 余谓诗莫盛于三元:上元,开元(唐玄宗年号);中元,元和(唐宪宗年号);下元,元祐(宋哲宗年号)也。(《石遗室诗话》卷一)

在这里,他将北宋"元祐"之诗与盛唐"开元"、中唐"元和"之诗相提并论,正是为了泯灭唐、宋界限,将宋诗提高到唐诗一样的地位。在《石遗室诗话》中,他还指出:

> 今人强分唐诗、宋诗,宋人皆推本唐人诗法,力破余地耳。(卷一)

> 自咸(丰)、同(治)以来,言诗者喜分唐、宋,每谓某也学唐

诗，某也学宋诗。余谓唐诗至杜（甫）、韩（愈）而下，现诸变相，苏（轼）、王（安石）、黄（庭坚）、陈（师道）、杨（万里）、陆（游）诸家，沿其波而参互错综，变本加厉耳。（卷十四）

在这里，他把宋诗看作是唐诗的发展和变化，在"力破余地"和"变本加厉"的评论中包含着对宋诗的高度评价。《宋诗精华录》的编选宗旨，即体现了陈衍的诗学思想及其对唐诗、宋诗的评价。

本书卷一开篇即言：

案，此录亦略如唐诗，分初、盛、中、晚。吾乡严沧浪（羽）、高典籍（棅）之说，无可非议者也。天道无数十年不变，凡事随之。盛极而衰，衰极而渐盛，往往然也。今略区元丰（宋神宗年号）、元祐（宋哲宗年号）以前为初宋；由二元尽北宋为盛宋，王（安石）、苏（轼）、黄（庭坚）、陈（师道）、秦（观）、晁（补之）、张（耒）具在焉，唐之李（白）、杜（甫）、岑（参）、高（适）、龙标（王昌龄）、右丞（王维）也；南渡茶山（曾几）、简斋（陈与义）、尤（袤）、萧（德藻）、范（成大）、陆（游）、杨（万里）为中宋，唐之韩（愈）、柳（宗元）、元（稹）、白（居易）也；"四灵"（徐照、徐玑、翁卷、赵师秀）以后为晚宋，谢皋羽（翱）、郑所南（思肖）辈，则如唐之有韩偓、司空图焉。此卷系初宋，西昆诸人（钱惟演等），可比王（勃）、杨（炯）、卢（照邻）、骆（宾王）；苏（舜钦）、梅（尧臣）、欧阳（修），可方陈（子昂）、杜（审言）、沈（佺期）、宋（之问）。宋何以甚异于唐哉！（括号内为笔者所注，上同。）

陈衍在这里参照唐诗的分期，把宋诗也分为四个阶段。这一分法，明显是其"三元说"的发展，即将宋诗与唐诗相提并论，也反映出陈衍对宋诗的进一步认识。作者以唐诗及其诗人为标准,对宋诗及其诗人作了评价。根据这一分法,全书分为四卷,前二卷除帝王诗冠首外,为北宋诗;后二卷除女性、道释诗殿后外,为南宋诗。卷一选39家,117首;卷二选18家,239首;卷三选32家,212首;卷四选40家,122首。全书共选129家,690首诗,如将摘句等加在一起,全书选列的宋诗超过800首(以上统计,据朱自清《什么是宋诗的精华》,本书附录),可以说基本反映了宋诗的概貌。从选目上来看,作者对盛宋、中宋诗最为推崇,选录的篇目最多。在盛宋诗人中,陈衍最推崇苏轼,选苏轼诗88首,也是两宋诗人入选篇目最多的一家;其次是王安石34首、黄庭坚38首、陈师道26首。在中宋诗人中,陈衍最推崇杨万里,选杨诗55首,其次是陆游53首,陈与义21首。在初宋诗人中,梅尧臣居首位,选其诗24首。在晚宋诗人中,刘克庄居首位,选其诗27首。在入选诗人的作品数量来看,基本符合诗人的创作成就,在当时的地位及其对后世的影响。除了名家名作之外,陈衍还选了唯一的一首帝王诗,即帝昺的亡国之诗《在燕京作》;女性诗人中后蜀亡国妃子花蕊夫人费氏的《口占答宋太祖》、李清照的《上枢密韩公工部尚书胡公》,僧人道潜、惠洪、道璨的一些名作也予入选,以尽可能地减少遗珠之憾。

除了在编选方面按初、盛、中、晚的次序,精选名家名作,凸现宋诗发展的轨迹之外,《宋诗精华录》在选目方面还有一个特点,就是重视五、七言近体。陈衍在本书叙中指出:

然吾之选宋诗,抑有说焉。《虞书》曰:"诗言志,歌永言,声依永,律和声。八音克谐,无相夺伦。"伦理也。……故长篇诗歌,悠扬铿锵鞺鞳者固多,而不无沉郁顿挫处,则土木之音也。然近贤之祧唐宗宋,祈向徐仲车、薛浪语诸家,在八音率多土木，甚且有土木而无丝竹金革，焉得命为"律和声，八音克谐"哉！故本鄙见以录宋诗，窃谓宋诗精华乃在此而不在彼也。

《虞书》，即《尚书·尧典》，这段话被认为是我国古代诗歌理论的总纲领。除了"诗言志，歌永言"，即注重诗的内容之外，陈衍特别重视"声依永，律和声。八音克谐，无相夺伦"这一宗旨。从这一宗旨出发，注意声律和谐，重视五、七言近体是顺理成章的，所以他认为"宋诗精华乃在此而不在彼也"。"精华"一词，"可以就音律而言，也可以就宋诗全体而言"（朱自清语，同前）。因此，全书选五、七言近体548首，几近入选作品的80％（以上据朱自清统计，同前）。这也是陈衍把自己的这一选本命名为"精华录"的一个重要原因。

　　唐人以情替汉、魏之骨，宋人以意夺唐人之情，势也。浸假而以议论入诗。夫议论则不免于委曲，委曲则不免于冗长。长则非律绝所任，此所以逮宋而古诗愈夥也，其极至句读不茸，而文采之妙无征；节奏不均，而声调之美遂闷。此宋人之短，非宋人之长。时流或宝碔砆，多士奉为圭臬。积重难反，盖有年矣。老人此录，独托喻乐音，多登近体，窃谓殆所以救世人学宋之弊。（程千帆《读〈宋诗精华录〉》，同前）

也指出了本书多选近体诗的目的。

　　除了编选方面的特点之外，本书的圈点和评语也很有特色。圈点是我国古代诗文批评中的一种传统方法，评点者将自己认为好的词句或需要注意之处用句点等符号标注在词句旁，以引人注意，去体会欣赏。但这种方法意在言外，批评者的意见主观性很强，较难传达给接受者，接受者与批评者的理解很难趋同，因此往往不能为现代的读者准确理解,更难于阐释,因此这里阙而不论。陈衍是一个宋诗派诗人,又是一个诗论家,一生浸淫于诗,有创作实践,又有诗歌理论,深得诗中三昧,所以他对诗的评语有助于读者对诗意的理解。这些评语内容广泛,"有剖析题意的,有讨论作法的,有褒贬优劣的,有寻根溯源的,有连类相比的,有叙后世影响的,有提修改意见的"(曹中孚校注《宋诗精华录》前言,巴蜀书社1992年版),或长或短,短的寥寥几句,要言不烦;长的有感而发,不觉冗长,大多"持论精确,立说解颐,评语之中,随在而有"(程千帆语,同前)。例如,帝昺《在燕京作》曰:"寄语林和靖,梅花几度开?黄金台下客,应是不归来。"陈衍评曰:"末五字凄黯。……殆所谓愁苦易好欤。"他还在末五字下作圈点。此评一本"穷而后工"之说,揭示亡国之君的凄凉心态。又如梅尧臣《小村》描写淮河地区遭受严重水灾后的悲惨景象,末句云:"嗟哉生计一如此,谬入王民版籍论。"陈衍评曰:"写贫苦小村,有画所不到者。末句婉而多风。"把诗人对官府不但不加赈救、反而还不减租税的荒谬政策予以讽刺之意揭示出来,对诗意的理解十分深刻。再如寇准《春日登楼怀归》第二联曰:"野水无人渡,孤舟尽日横。"陈衍评曰:

　　第二联用韦苏州语,极自然。用古人语,如渊明之"依依墟里烟"、右丞之"墟里上孤烟",同为五言也。王介甫之改"鸟鸣山更幽"为"一鸟不鸣山更幽",自是原句工。李嘉祐之"水田飞白鹭"二句,自不如右丞多二字之工。右丞开元初年进士,嘉祐天宝九年进士,《国史补》以为王改李者,当误。

指出寇准诗的渊源,并连类而及,论述"用古人语"这一现象,并订正前人谬说。显示出陈衍对古诗的熟谙。陈衍诗学王安石,因此书中对王安石的评语尤多会心之论。如评《纯甫出释惠崇画要予作诗》曰："后半带出崔白,即少陵《丹青引》,为曹霸带出韩干作法";评《半山春晚即事》曰："首十字从唐人'绿阴清润似花时'来";评《定林》曰："颇有王右丞'松风吹解带,山月照弹琴'意境",皆指出王安石诗的渊源。评《勘会贺兰溪主》曰："末二句竟开诚斋先路",指出王安石诗的影响。评《后元丰行》曰："专言得雨事,不能忘情于因旱被攻击也",揭示出王安石退隐后还不忘政事的心态,这也是王安石作为一个政治家与一般隐逸诗人的区别,独具只眼。《北陂杏花》末二句曰："纵被春风吹作雪,绝胜南陌碾成尘。"陈衍评曰："末二语恰是自己身分。"王安石在诗中借物咏怀,从北陂和南陌的杏花比较中,表达了自己为坚持理想操守而不惜献身的精神。陈衍的评语本着"知人论世"的宗旨,看到了王安石诗中寄寓的这种精神,作了精到的点评。从这一点上来说,陈衍称得上是王安石的异代知音。

正因为《宋诗精华录》在编选和评论等方面有自己的特点,出版后即得到了学术界的高度关注。朱自清先生就写了《什么是宋诗的精华》,对《宋诗精华录》作了详尽而中肯的评论,并就选诗标准提出自己的看法,认为"序中'精华'云云,想是只就近体说",称赞"本书分期,颇为妥帖自然";评论诗家,"语虽简短而能扼要,绝非兴到振笔者可比。至于说诗,更是老人的长处"。程千帆先生也在1940年写了《读〈宋诗精华录〉》一文,认为"此老人对于宋诗之'晚年定论',要有足供吾人之参证者也"。钱锺书先生早年曾蒙陈衍先生的过奖,以致郑振铎先生以为他喜欢宋诗,遂嘱他编选《宋诗选注》一书(参见《模糊的铜镜》,《钱锺书散文》,浙江文艺出版社1997年版)。由此,可见陈衍先生此书的影响之大和久远。

《宋诗精华录》有商务印书馆1937年7月初版本,1938年5月再版本。整理本有今人曹旭校点本,江西人民出版社1984年版;曹中孚校注本,巴蜀书社 1992 年版。曹旭校点本的整理工作比较简单,而曹中孚校注本的整理比较彻底。校注本据《宋诗钞》和多种别集、总集进行校勘,纠正了底本的不少错误,又作了详细的注释,为目前该书最有价值的整理本。此次整理,以商务印书馆 1938 年 5 月再版本为底本,在校点中参考借鉴了校注本的部分校勘成果。为了保持陈衍原书的本来面貌,对陈衍原书中的错误不作改动,仅在页末校记中注明;诗题和重要异文出校,一般文字异同不出校;书中原有的圈点,也不再保留。为醒目起见,陈衍评语前加【评】,移至诗后。除了校勘外,此次整理的另一主要工作是辑录诸家诗评,用【集评】表示。为了使读者对《宋诗精华录》的价值有深入的了解,并弥补本文导读的不足,特将著名学者朱自清先生的大作《什么是宋诗的精华——评石遗老人(陈衍)评点〈宋诗精华录〉(商务印书馆出版)》一文作为附录,以便读者参阅。整理辑评工作中的不足之处,敬请读者指正。

目　录

前言 / 高克勤 / 1

叙 / 1

卷第一
　帝　昺
　　在燕京作 / 1

　徐　铉
　　送王四十五归东都 / 2

　钱惟演
　　对竹思鹤 / 2

　杨徽之
　　寒食寄郑起侍郎 / 3

　郑文宝
　　阙题 / 4

　李　昉
　　禁林春直 / 4

寇　准

春日登楼怀归／ 5

晏　殊

示张寺丞王校勘／ 6

寓意／ 6

王禹偁

暴富送孙何入史馆／ 7

寄砀山主簿朱九龄／ 8

村行／ 8

魏　野

书友人屋壁／ 9

登原州城呈张贵从事／ 9

送王希赴任衢州判官／ 10

林　逋

梅花／ 10

自作寿堂因书一绝以志之／ 11

杨　朴

莎衣／ 12

范仲淹

野色／ 13

韩　琦

　　九日水阁／ 13

　　北塘避暑／ 14

　　发白有感／ 14

蔡　襄

　　上元应制／ 15

　　梦中作／ 15

张　咏

　　新市驿别郭同年／ 16

　　晚泊长台驿／ 16

赵　抃

　　次韵孔宪蓬莱阁／ 17

　　和宿峡石寺下／ 17

　　答赣县钱颛著作移花／ 18

程师孟

　　游玉尺山寺／ 18

曾公亮

　　宿甘露僧舍／ 19

张　先

　　题西溪无相院／ 19

司马池

行色／ 20

吕夷简

天花寺／ 20

石延年

金乡张氏园亭／ 21

穆　修

鲁从事清晖阁／ 21
贵侯园／ 22
独游／ 22

欧阳修

礼部贡院阅进士试／ 22
梦中作／ 23
沧浪亭／ 23
丰乐亭小饮／ 24
戏答元珍／ 25
丰乐亭游春／ 25
怀嵩楼新开南轩与郡僚小饮／ 26
别滁／ 26
招许主客／ 27
宿云梦馆／ 27

苏舜钦

哭曼卿／ 28

中秋夜吴江亭上对月怀前宰张子野及寄君谟蔡大／ 28

静胜堂夏日呈王尉／ 29

过苏州／ 29

和淮上遇便风／ 30

淮中晚泊犊头／ 30

梅尧臣

和才叔岸旁庙／ 31

范饶州坐中客语食河豚鱼／ 31

送何遁山人归蜀／ 32

醉中留别永叔子履／ 33

送潘供奉承勋／ 34

寄题徐都官新居假山／ 34

悼亡三首／ 35

书哀／ 36

四月二十七日与王正仲饮／ 36

月下怀裴如晦宋中道／ 37

东城送运判马察院／ 37

许生南归／ 38

吴冲卿出古饮鼎／ 39

寄滁州欧阳永叔／ 39

对雪忆往岁钱塘西湖访林逋三首录一／ 40

小村／ 41

梦后寄欧阳永叔／ 41

戊子三月二十一日殇小女称称三首录二／ 41

东溪／ 42

览显忠上人诗／ 43

缺月／ 43

宋　祁

　　落花／ 43

　　九日置酒／ 44

文彦博

　　登平崧阁右崧亭作／ 44

　　雪中枢密蔡谏议借示范宽雪景图／ 45

　　招仲通司封府园避暑／ 45

　　清明后同秦帅端明会饮李氏园池／ 45

黄　庶

　　探春／ 46

　　望春偶书／ 46

　　和陪丞相听蜀僧琴／ 46

　　怪石／ 47

　　元伯示清水泊之什因和酬／ 47

司马光

　　和邵尧夫安乐窝中职事吟／ 48

　　和君贶题潞公东庄／ 48

　　闲居／ 48

　　野轩／ 49

　　闲居／ 49

　　别长安／ 49

　　暮春同刘伯寿史诚之饮宋叔达园／ 49

　　久雨效乐天体／ 50

　　南园饮罢留宿诘朝呈鲜于子骏范尧夫彝叟兄弟／ 50

和邵尧夫年老逢春／ 51

华严真师以诗见贶聊成二章纪其趣尚／ 51

客中初夏／ 51

句／ 52

刘　敞

短槐／ 52

微雨登城／ 53

杨　杰

勿去草／ 53

和穆父待制竹堂／ 54

石　介

乙亥冬富春先生以老儒醇师居我东斋济北张洞明远楚宫李温渊

　　皆服道就义与介同执弟子之礼北面受其业因作百八十二言

　　相勉／ 54

韩　维

答师厚夜归客舍见诒／ 55

酴醿／ 56

邵　雍

安乐窝／ 56

插花吟／ 57

句／ 57

蔡 確

夏日登车盖亭／57

杜 常

题华清宫／58

王 令

原蝗／58

暑旱苦热／60

春游／60

卷第二

王安石

元丰行示德逢／61

后元丰行／62

纯甫出释惠崇画要予作诗／62

寄吴氏女子／63

明妃曲二首／64

书任村马铺／65

葛蕴作巫山高爱其飘逸因亦作一篇／66

哭梅圣俞／66

半山春晚即事／67

定林／68

壬辰寒食／68

送程公阐得谢归姑苏／69

思王逢原三首录一／69

寄阙下诸父兄兼示平甫兄弟／70

歌元丰／ 70

谢安墩／ 70

山陂／ 71

北陂杏花／ 71

北山／ 71

勘会贺兰溪主／ 72

书湖阴先生壁／ 72

示公佐／ 73

金陵即事三首_{录二}／ 73

乌塘／ 73

午枕／ 74

钟山即事／ 74

送和甫至龙安微雨因寄吴氏女子／ 74

夜直／ 75

越人以幕养花因游其下／ 75

鄞县西亭／ 75

六言绝句二首／ 75

苏　轼

往富阳新城李节推先行三日留风水洞见待／ 76

新城道中二首／ 77

过江夜行武昌山闻黄州鼓角／ 78

泛颍／ 78

慈湖峡阻风／ 79

澄迈驿通潮阁／ 79

王维吴道子画／ 80

真兴寺阁／ 81

石苍舒醉墨堂／ 81

傅尧俞济源草堂／ 82

越州张中舍寿乐堂／ 83

和鲜于子骏郓州新堂月夜二首／ 83

南堂五首／ 84

游金山寺／ 85

雨中游天竺灵感观音院／ 86

与毛令方尉游西菩提寺二首／ 86

少年时尝过一村院见壁上有诗云夜凉疑有雨院静似无僧

　　不知何人作也宿黄州禅智寺寺僧皆不在夜半雨作偶记此诗

　　故作一绝／ 87

雪后到乾明寺遂宿／ 87

泗州僧伽塔／ 88

寒食雨二首／ 89

守岁／ 89

除夜野宿常州城外二首／ 90

金山梦中作／ 91

九月二十日微雪怀子由弟二首录一／ 91

暴雨初晴楼上晚景／ 92

有美堂暴雨／ 92

雪后书北台壁二首／ 92

聚星堂雪并序／ 93

江上值雪效欧阳体限不以盐玉鹤鹭絮蝶飞舞之类为比仍不使皓白

　　洁素等字次子由韵／ 94

大风留金山两日／ 95

题西林壁／ 96

百步洪二首并序 录一／ 96

夜泛西湖／ 97

轼在颍州与赵德麟同治西湖未成改扬州三月十六日湖成德麟有诗

见怀次韵 / 98

舟中夜起 / 98

六月二十七日望湖楼醉书五绝录二 / 99

望海楼晚景五绝录一 / 99

九日黄楼作 / 100

孙莘老求墨妙亭诗 / 100

待月台 / 101

溪光亭 / 102

筼筜谷 / 102

寒芦港 / 102

南园 / 103

东栏梨花 / 103

司马君实独乐园 / 103

饮湖上初晴后雨 / 104

月夜与客饮酒杏花下 / 105

书丹元子所示李太白真 / 105

於潜僧绿筠轩 / 106

陌上花三首并引 录一 / 107

海棠 / 107

赠孙莘老 / 107

辛丑十一月十九日既与子由别于郑州西门之外马上赋诗一篇
　　寄之 / 108

和子由渑池怀旧 / 108

捕蝗至浮云岭山行疲苦有怀子由弟二首录一 / 109

子由将赴南都与余会宿于逍遥堂作两绝句读之殆不可为怀因和其
　　诗以自解余观子由自少旷达天资近道又得至人养生长年之诀而
　　余亦窃闻其一二以为今者宦游相别之日浅而异时退休相从之日
　　长既以自解且以慰子由录一 / 109

六年正月二十日复出东门仍用前韵／ 110

西太一见王荆公旧诗偶次其韵／ 110

腊日游孤山访惠勤惠思二僧／ 111

九日寻臻阇梨遂泛小舟至勤师院／ 112

文与可有诗见寄云待将一段鹅溪绢扫取寒梢万尺长次韵
　　答之／ 112

次韵子由使契丹至涿州见寄四首／ 113

送安惇秀才失解西归／ 114

送子由使契丹／ 114

和子由踏青／ 115

自金山放船至焦山／ 115

病中游祖塔院／ 116

惠崇春江晚景二首录一／ 117

八月十五日看潮五绝录三／ 117

东坡一绝／ 118

初到黄州／ 118

正月二十日往岐亭郡人潘古郭三人送余于女王城东禅庄院／ 119

书林逋诗后／ 119

予以事系御史台狱府吏稍见侵自度不能堪死狱中不得一别子由故
　　作二诗授狱卒梁成以遗子由／ 120

东坡摘句图／ 120

苏　辙

与兄子瞻会宿二首／ 122

黄庭坚

古诗二首上苏子瞻／ 122

醇道得蛤蜊复索舜泉舜泉已酌尽官酤不堪不敢送／ 124

王稚川既得官都下有所盼未归予戏作林夫人欸乃歌二章与之竹枝
　　歌本出三巴其流在湖湘耳欸乃湖南歌也／ 124

宿旧彭泽怀陶令／ 125

秋思寄子由／ 125

送王郎／ 126

次韵刘景文登邺王台见思五首录一／ 127

次韵吴宣义三径怀友／ 127

寄黄几复／ 128

送舅氏野夫之宣城二首／ 128

次韵子瞻武昌西山／ 129

子瞻诗句妙一世乃云效庭坚体盖退之戏效孟郊樊宗师之比以文滑
　　稽耳恐后生不解故次韵道之子瞻送杨孟容诗云我家峨眉阴与子
　　同一邦即此韵／ 130

题郑防画夹五首录一／ 131

题伯时画严子陵钓滩／ 131

题伯时画松下渊明／ 131

次韵子瞻以红带寄王宣义／ 132

题竹石牧牛并引／ 133

送少章从翰林苏公余杭／ 133

予既作竹枝词夜宿歌罗驿梦李白相见于山间曰予往谪夜郎于此
　　闻杜鹃作竹枝词三叠世传之不予细忆集中无有请三诵乃得之录
　　一／ 134

题苏若兰回文锦诗图／ 134

病起荆江亭即事十首录二／ 134

次韵中玉水仙花二首／ 135

王充道送水仙花五十枝欣然会心为之作咏／ 135

戏赠米元章二首／ 136

雨中登岳阳楼望君山二首／ 136

题胡逸老致虚庵／ 137

武昌松风阁／ 137

次韵文潜／ 138

鄂州南楼书事四首_{录一}／ 139

寄贺方回／ 139

书磨崖碑后／ 139

郭明甫作西斋于颍尾请予赋诗二首／ 140

山谷摘句图／ 140

陈师道

妾薄命二首／ 142

赠二苏公／ 143

九日寄秦观／ 144

绝句四首_{录一}／ 144

谢赵使君送乌薪／ 145

放歌行二首／ 145

九日无酒书呈漕使韩伯修大夫／ 146

赠欧阳叔弼／ 146

即事／ 147

绝句／ 147

答晁以道／ 147

别黄徐州／ 148

赠寇国宝三首／ 148

舟中二首_{录一}／ 148

东山谒外大父墓／ 149

次韵晁无咎冬夜见寄／ 149

和范教授同游桓山／ 150

春怀示邻里／ 150

和寇十一晚登白门／ 151

谢赵生惠芍药三绝句录一／ 151

和李使君九日登戏马台／ 151

次韵夏日／ 152

寄晁无斁／ 152

春兴／ 153

秦　观

泗州东城晚望／ 153

春日五首录一／ 154

秋日三首录一／ 154

春日偶题呈钱尚书／ 154

再遣朝华／ 155

赠女冠畅师／ 155

晁冲之

留别江子之／ 156

戏留次裒三十三弟／ 156

夜行／ 156

晁补之

赠文潜甥杨克一学文与可画竹求诗／ 157

题庐山／ 157

遇赦北归／ 158

贵溪在信州城南其水西流七百里入江／ 158

张　耒

出山／ 158

夏日三首录一/ 159

二十三日即事/ 159

发安化回望黄州山/ 160

赴官寿安泛汴/ 160

自上元后闲作五首录二/ 161

怀金陵二首/ 161

句/ 162

文 同

寄宇文公南/ 162

北斋雨后/ 162

此君庵/ 163

米 芾

垂虹亭/ 163

邹 浩

咏路/ 164

贺 铸

留别田画/ 164

病后登快哉亭/ 165

孔武仲

久长驿书事/ 165

舍轿马而步/ 166

瓜步阻风/ 167

孔平仲

代小子广孙寄翁翁／168

西轩／169

和经父寄张绩／169

登贺园高亭／169

昼眠呈梦锡／170

集于昌龄之舍／170

李 觏

灵源洞／170

韩 驹

赠赵伯鱼／171

题湖南清绝图／171

上泰州使君陈莹中／172

登赤壁矶／172

徐 积

赠黄鲁直／173

哭张六并序／173

卷第三

陈与义

和张矩臣水墨梅五绝录四／174

寄若拙弟兼呈二十家叔／175

次韵乐文卿北园／175

春日二首／176

夏日集葆真池上以绿阴生昼静赋诗得静字／176

试院书怀／177

清明／177

再登岳阳楼感赋诗／178

春寒／178

寻诗两绝句／179

除夜次大光韵大光是夕婚／179

除夜不寐饮酒一杯明日示大光／179

将至杉木铺望野人居／179

谢主人／180

观雨／180

怀天经智老因访／180

曾　幾

三衢道中／181

题访戴图／182

茶山／182

壬戌岁除作明朝六十岁矣／183

发宜兴／183

楼　钥

题孟东野听琴图因次其韵／184

求仲抑招游山归途遇雨／184

石门洞／185

大龙湫／186

句／187

岳 飞
　　池州翠微亭／ 187

谢 逸
　　夏日游南湖／ 188

李 唐
　　题画／ 188

刘一止
　　小斋即事二首录一／ 189
　　拱州道中／ 189
　　冥冥寒食雨／ 189

葛立方
　　避地伤春／ 190

王 琮
　　题多景楼／ 190

王 铚
　　春近／ 191

郭祥正
　　春日独酌／ 191
　　怀友／ 192
　　徐州黄楼歌寄苏子瞻／ 192

句／ 193

饶　节

偶成／ 194

眠石／ 194

晚起／ 194

句／ 195

孙　觌

焦山吸江亭／ 195

句／ 195

王庭珪

送胡邦衡之新州贬所／ 196

张　纲

次韵李道士观南山三首录一／ 196

江端友

韩碑／ 197

寇国宝

题阊门外小寺壁／ 197

石　悆

绝句／ 198

吕希哲

绝句／ 198

叶　适

余泛舟不能具舫创为隆篷加牖户焉／ 199

王　炎

双溪种花／ 199

唐　庚

张求／ 200

白鹭／ 200

醉眠／ 201

刘子翚

刘兼道猎／ 201

范成大

晚潮／ 202

与正夫朋元游陈侍御园／ 202

龙津桥／ 203

画工季友直为余作冰天桂海二图冰天画使北渡黄河时桂海画佛子
游岩道中也戏题／ 203

乙未元日用前韵书怀今年五十矣／ 203

判命坡／ 204

望乡台／ 204

鄂州南楼／ 205

　　春晚／205

　　四时田园杂兴六十首录二／205

　　夏日田园杂兴十二绝录一／206

朱　熹

　　观书有感二首／206

　　鹅湖寺和陆子寿／207

　　崇寿客舍夜闻子规得三绝句写呈平父兄烦为转寄彦集兄及两县间
　　　诸亲友／207

　　淳熙甲辰仲春精舍闲居戏作武夷棹歌十首呈诸同游
　　　相与一笑／208

周必大

　　行舟忆永和兄弟／209

　　己丑二月七日雨中读汉元帝纪效乐天体／209

　　入直召对选德殿赐茶而退／210

　　过邬子湖／210

　　腊旦大雪运使何同叔送羊羔酒拙诗为谢／211

尤　袤

　　送吴待制守襄阳／211

　　题米元晖潇湘图／212

萧德藻

　　古梅二首／212

　　次韵傅惟肖／213

　　登岳阳楼／213

句／ 214

陈傅良

止斋曲廊初成／ 214

用前韵招蕃叟弟／ 215

寄陈同甫／ 216

送卢郎中国华赴闽宪／ 216

杨万里

题湘中馆二首_{录一}／ 217

癸未上元后永州夜饮赵敦礼竹亭闻蛙醉吟／ 217

过百家渡四绝句_{录一}／ 218

和仲良春晚即事／ 218

三月三日雨作遣闷绝句_{录一}／ 219

贺澹庵先生胡侍郎新居落成二首_{录一}／ 219

都下无忧馆小楼春尽旅怀二首／ 220

彦通叔祖约游云水寺二首_{录一}／ 220

闲居初夏午睡起二绝句_{录一}／ 220

次日醉归／ 221

送周仲觉访来又别／ 221

夏夜追凉／ 222

有叹／ 222

听雨／ 222

丁酉四月一日之官毗陵舟行阻风宿稠陂江口／ 222

余昔岁归舟经此水涸舟胶旅情甚恶／ 223

新柳／ 223

寒食雨作／ 223

池亭／ 224

春草 / 224

竹阴小憩 / 224

五更过无锡县寄怀范参政尤侍郎 / 225

晚风 / 225

初入淮河四绝句 / 226

晓过丹阳县 / 227

泊平江百花洲 / 227

题沈子寿旁观录 / 227

宿池州齐山寺即杜牧之九日登高处 / 228

池口移舟入江再泊十里头潘家湾阻风不止 / 228

舟中排闷 / 229

八月十三日望月 / 229

早春 / 229

进退格寄张功父姜尧章 / 230

舟过黄田谒龙母护应庙 / 230

舟过谢潭 / 230

春晴怀故园海棠 / 231

峡山寺竹枝词 / 231

过五里径 / 232

明发房溪 / 232

题太和主簿赵昌父思隐堂 / 232

二月一日晓渡太和江 / 232

题钟家村石崖 / 233

暮泊鼠山闻明朝有石塘之险 / 233

送乡僧德璘监寺缘化结夏归天童山 / 233

陆 游

寄酬曾学士学宛陵先生体比得书云所寓广教僧舍有陆子泉每对之

辄奉怀／ 234

新夏感事／ 235

东阳道中／ 236

望江道中／ 236

自咏示客／ 236

上巳临川道中／ 237

晚泊／ 237

黄州／ 238

蟠龙瀑布／ 238

岳池农家／ 239

闻杜鹃戏作／ 240

寓驿舍／ 240

宴西楼／ 240

花时遍游诸家园／ 241

月下醉题／ 242

江楼醉中作／ 242

南定楼遇急雨／ 243

渔翁／ 243

闻雁／ 243

登拟岘台／ 244

临安春雨初霁／ 244

饮张功父园戏题扇上／ 245

闻傅氏庄紫笑花开急棹小舟观之／ 245

寄题朱元晦武夷精舍录一／ 245

到严十五晦朔郡酿不佳求于都下既不时至欲借书读之而寓公多秘
　不肯出无以度日殊惘惘也／ 245

山园／ 246

秋晚思梁益旧游／ 246

晚眺／ 247

赠刘改之秀才／ 247

久不得张汉州书／ 247

书室明暖终日婆娑其间倦则扶杖至小园戏作长句／ 248

春晚怀山南／ 248

幽居初夏／ 248

六月二十四日夜分梦范至能李知幾尤延之同集江亭诸公请予赋诗记江湖之乐诗成而觉忘数字而已／ 249

闲居自述／ 249

睡起至园中／ 250

陈阜卿先生为两浙转运司考试官时秦丞相孙以右文殿修撰来就试直欲首送阜卿得予文卷擢置第一秦氏大怒予明年既显黜先生亦几陷危机偶秦公薨遂已予晚岁料理故书得先生手帖追感平昔作长句以识其事不知衰涕之集也／ 250

西郊步武地春将老矣不能一往朝吉偃今日为遨头涩雨大作非惟人心难并止或尼之枕上得小诗资宋永兄一噱因呈昔游兄弟速寻旧盟勿为天公所玩／ 251

剑门道中遇微雨／ 251

禹迹寺南有沈氏小园四十年前尝题小阕壁间偶复一到而园已易主刻小阕于石读之怅然／ 252

沈园／ 252

湖水愈缩戏作／ 253

梅花绝句／ 253

先少师宣和初有赠晁公以道诗云奴爱才如萧颖士婢知诗似郑康成公大爱赏今逸全篇偶读晁公文集泣而足之／ 253

恩封渭南伯唐诗人赵嘏为渭南尉当时谓之赵渭南后来将以予为陆渭南乎戏作长句／ 254

小舟游近村舍舟步归／ 254

示儿／ 254

剑南摘句图／ 255

黄公度

悲秋／ 256

暮春宴东园方良翰喜有诗入夏追和／ 257

道间即事／ 257

卷第四

戴复古

梦中亦役役／ 258

大热五首录一／ 258

次韵谢敬之题南康县刘清老园／ 259

寄韩仲止／ 259

题张金判园林／ 260

哭赵紫芝／ 260

渝江绿阴亭九日燕集／ 260

湖南见真师／ 261

江阴浮远堂／ 261

戏题诗稿／ 261

袁州化成岩李卫公谪居之地／ 262

句／ 262

姜　夔

送朝天续集归诚斋时在金陵／ 263

除夜自石湖归苕溪／ 263

姑苏怀古／ 264

湖上寓居杂咏／264

平甫见招不欲往／264

登乌石寺／265

过垂虹／265

叶绍翁

登谢屐亭赠谢行之／266

游园不值／266

九日呈真直院／267

葛天民

仲春／267

迎燕／267

江上／268

句／268

刘　过

喜雨呈吴察按／268

敖陶孙

洗竹简诸公同赋／269

用韵谢竹主人陈元仰／269

竹间新辟一地可坐十客用前韵刻竹上／270

四月二十三日始设酒禁试东坡羹一杯其味甚真觉曲蘗中殊无寸功
　　也食已得三诗录一／270

上闽帅范石湖五首录一／271

严 羽

访益上人兰若／ 271

和上官伟长芜城晚眺／ 272

严 粲

骑牛图／ 272

句／ 273

赵师秀

雁荡宝冠寺／ 273

薛氏瓜庐／ 274

数日／ 274

约客／ 275

翁 卷

寄永州徐三掾曹／ 275

陈西老母氏挽词／ 276

哭徐山民／ 276

山雨／ 276

乡村四月／ 277

句／ 277

徐 玑

泊舟呈灵晖／ 277

赠徐照／ 278

句／ 278

徐 照

　　莫愁曲／279

　　柳叶词／279

　　分题得渔村晚照／279

刘克庄

　　北山作／280

　　夜过瑞香庵作／280

　　哭薛子舒二首／281

　　答友生／281

　　冶城／282

　　西山／282

　　归至武阳渡作／282

　　出郭／282

　　再赠钱道人／283

　　方寺丞新第二首／283

　　岁晚书事十首录四／283

　　燕／284

　　七月九日／284

　　少日／285

　　示同志一首／285

　　郊行／285

　　见方云台题壁／286

　　记梦／286

　　为圃／286

　　病后访梅九绝录三／286

　　句／287

林希逸

　　溪上谣／ 288

陈鉴之

　　京口江阁和友人韵／ 288

赵希㯶

　　次萧冰崖梅花韵／ 289

武　衍

　　宫词／ 289

方　岳

　　观渔／ 289

　　句／ 290

罗与之

　　看叶／ 291

毛　珝

　　甲午江行／ 291

罗公升

　　戍妇／ 292

　　和宫怨／ 292

岳　珂

　　观芙蓉有感／ 293

叶　茵

机女叹／ 293

危　稹

送刘帅归蜀／ 294

戴　昺

夏曼卿作新楼扁曰潇湘片景来求拙画且索诗／ 294

汪　莘

湖上蚤秋偶兴／ 295

乐雷发

送丁少卿自桂帅移镇西蜀／ 295

夏日偶书／ 296

郑　震

荆江口望见君山／ 296

程　俱

望九华／ 297

文天祥

晓起／ 298

夜坐／ 298

谢　翱

效孟郊体／ 299

过杭州故宫二首／ 300

重过二首／ 300

句／ 301

林景熙

山窗新糊有故朝封事稿阅之有感／ 301

答陈景贤／ 302

题陆放翁诗卷后／ 302

梦中作四首录三／ 303

真山民

山亭避暑／ 303

句／ 304

郑思肖

画兰／ 304

费　氏

口占答宋太祖／ 305

李清照

上枢密韩公工部尚书胡公／ 305

句／ 307

汪元量

醉歌录二／ 308

句／ 308

僧道潜

绝句/ 309

临平道中/ 309

江上秋夜/ 310

维王府园与王元规承事同赋/ 310

句/ 310

惠　洪

题李愬画像/ 311

瑜上人自灵石来求鸣玉轩诗会予断作语复决堤作一首/ 311

次韵天锡提举/ 312

句/ 313

僧道璨

和吴山泉万竹亭/ 314

句/ 314

附录

什么是宋诗的精华——评石遗老人(陈衍)评点《宋诗精华录》(商务印书馆出版)/ 朱自清/ 315

叙

　　孟轲氏有言曰："由汤至于武丁,贤圣之君六七作。"又曰:"武丁朝诸侯,有天下,犹运之掌也。"《诗·车攻》小序云:宣王能"内修政事,外攘夷狄,复文武之境土;修车马,备器械,复会诸侯于东都。"此言殷、周二代之中兴也。其事虽大,可以喻小。诗文之中兴,何莫不然?

　　清袁简斋,文人之善谑而甚辩者也。有数人论诗,分茅设蒢,争唐宋之正闰,质于简斋。简斋笑曰:"吾惜李唐之功德,不逮姬周,国祚仅三百年耳! 不然,赵宋时代,犹是唐也。"由斯以谈,唐诸大家,譬如殷之伊尹、仲虺、伊陟、巫咸,周之周公、太公、召公、散宜生、南宫适;宋诸大家,譬如殷之甘盘、傅说,周之方叔、召虎、仲山甫、尹吉甫矣。

　　然吾之选宋诗,抑有说焉。《虞书》曰:"诗言志,歌永言,声依永,律和声。八音克谐,无相夺伦。"伦理也。孟子所谓"始条理,终条理也"。《虞书》又曰:"戛击鸣球,搏拊,琴瑟,以咏","下管鼗鼓,合止柷敔,笙镛以闲。"故《礼》曰:"歌者在上,匏竹在下,贵人声也。"《诗》曰:"鼗鼓渊渊,嘒嘒管声,既和且平,依我磬声。"盖声音之道,由细而大,戛击鸣球,所以作止乐,总言之也。合止柷敔,所以合乐止乐。终言之也,土木与石皆声音之细者。若琴瑟、下管、鼗鼓、笙镛,则丝竹金革,悠扬铿锵鞺鞳,皆声音之由细而渐大也。《关雎》之诗曰:"琴瑟友之"、"钟鼓乐之";《鹿鸣》之诗曰:"鼓瑟吹笙"、"吹笙鼓簧",又曰:"鼓瑟鼓琴。"无用柷敔者,而合乐则不废柷敔,故长篇诗歌,悠扬铿锵鞺鞳者固多,而不无沉郁顿挫处,则土木之音也。然如近贤之桃唐宗宋,祈向徐仲车、薛浪语诸家,在八音率多土木,甚且有土木而无丝竹金革,焉得命为"律和声,八音克谐"哉!故本鄙见以录宋诗,窃谓宋诗精华乃在此而不在彼也。

丁丑初夏,石遗老人书。

卷第一

案，此录亦略如唐诗，分初、盛、中、晚。吾乡严沧浪、高典籍之说，无可非议者也。天道无数十年不变，凡事随之。盛极而衰，衰极而渐盛，往往然也。今略区元丰、元祐以前为初宋；由二元尽北宋为盛宋，王、苏、黄、陈、秦、晁、张具在焉，唐之李、杜、岑、高、龙标、右丞也；南渡茶山、简斋、尤、萧、范、陆、杨为中宋，唐之韩、柳、元、白也；"四灵"以后为晚宋，谢皋羽、郑所南辈，则如唐之有韩偓、司空图焉。此卷系初宋，西昆诸人，可比王、杨、卢、骆；苏、梅、欧阳，可方陈、杜、沈、宋。宋何以甚异于唐哉！

帝　㬎　降元，降封瀛国公。《湖山类稿》云：为僧，号木波讲师。

在燕京作

寄语林和靖，梅花几度开？
黄金台下客，应是不归来。

【评】末五字凄黯。宋诸帝皆能诗，然舍仁宗"地有湖山美，东南第一州"十字，语多陈腐，无能如唐玄宗者。此首可兄事唐文宗之"辇路生秋草，上林花满枝"，殆所谓愁苦易好欤。

【集评】陶宗仪《辍耕录》曰：始终二十字，含蓄无限凄戚意思，读之而不兴感者几希!

徐　铉　字鼎臣,会稽人。官散骑常侍。

送王四十五归东都

海内兵方起,离筵泪易垂。
怜君负米去,惜此落花时。
想忆望来信,相宽指后期。
殷勤手中柳,此是向南枝。

【评】三、四对语生动,末韵能于旧处生新。
【集评】冯延巳曰:具元和风律而无淟涩纤阿词。(吴之振等《宋诗钞》)

钱惟演　字希圣,吴越王俶之子。官至同中书门下平章事,谥文僖。与刘筠共创西昆体,称"钱刘"。

对竹思鹤

瘦玉萧萧伊水头,风宜清夜露宜秋。

更教仙骥旁边立，尽是人间第一流。

【评】有身分，是第一流人语。

【集评】方回《瀛奎律髓》曰：此昆体诗，一变亦足以革当时风花雪月、小巧呻吟之病。非才高学博未易到此。

杨徽之 字仲猷，浦城人。官至翰林侍读学士。

寒食寄郑起侍郎

清明时节出郊原，寂寂山城柳映门。
水隔淡烟修竹寺，路经疏雨落花村。
天寒酒薄难成醉，地迥楼高易断魂。
回首故山千里外，别离心绪向谁言。

【评】三、四句调特别。五、六景中情，虽"难"、"易"太对，然两句有流水意，不碍。

【集评】方回《瀛奎律髓》曰：中四句皆美，而下联世人尤传。

纪昀《瀛奎律髓刊误》曰：情韵并佳，一望黄茅白苇之中，见此如疏花独笑。

郑文宝 字仲贤，宁化人。官至兵部员外郎。

阙　题①

亭亭画舸系寒潭，直到行人酒半酣。
不管烟波与风雨，载将离恨过江南。

【评】案此诗首句一顿，下三句连作一气说，体格独别。唐人中惟太白"越王勾践破吴归"一首，前三句一气连说，末句一扫而空之。此诗异曲同工，善于变化。

【集评】何汶《竹庄诗话》引《诗事》曰：古今柳词，惟郑文宝一篇有余意。

李　昉 字明远，深州饶阳人。官至中书侍郎平章事。

禁林春直

疏帘摇曳日辉辉，直阁深严半掩扉。
一院有花春昼永，八方无事诏书稀。
楼头百转莺莺语，梁上新来燕燕飞。
岂合此身居此地，妨贤尸禄自知非。

---

① 何汶《竹庄诗话》题作《柳枝词》，谓张耒（文潜）作。吴曾《能改斋漫录》亦作张耒诗。杨慎《升庵诗话》曰："或张文潜爱而书之，遂以为文潜作耳。"

【评】写出太平景象,而不落俗,惟元人王恽《玉堂即事》二绝句近之。首二句云:"阴阴槐幄幕闲庭,静似蓝田县事厅。"然著迹矣。

【集评】方回《瀛奎律髓》曰:李昉此诗,合是宋朝善言太平第一人。

纪昀《瀛奎律髓刊误》曰:三、四真太平宰相语,其气象广大、太和之意盎然,此故不在语言文字之间。

寇　准　字平仲,华州下邽人。官至同中书门下平章事,封莱国公。

春日登楼怀归

高楼聊引望,杳杳一川平。
野水无人渡,孤舟尽日横。
荒村生断霭,古寺语流莺。
旧业遥清渭,沉思忽自惊。

【评】第二联用韦苏州语,极自然。用古人语,如渊明之"依依墟里烟"、右丞之"墟里上孤烟",同为五言也。王介甫之改"鸟鸣山更幽"为"一鸟不鸣山更幽",自是原句工。李嘉祐之"水田飞白鹭"二句,自不如右丞多二字之工。右丞开元初年进士,嘉祐天宝九年进士,《国史补》以为王改李者,当误。

【集评】方回《瀛奎律髓》曰:莱公诗学晚唐,九僧体相似。"野水无人渡,孤舟尽日横"之联,说者以为兆相业,只看诗景自好。下二句尤流丽。

查慎行曰：三、四借韦苏州"野渡无人舟自横"一句化作两句。(《瀛奎律髓汇评》)

晏　殊　字同叔，临川人。官奉礼郎。

示张寺丞王校勘

元已清明假未开，小园幽径独徘徊。
春寒不定斑斑雨，宿醉难禁滟滟杯。
无可奈何花落去，似曾相识燕归来。
游梁赋客多风味，莫惜青钱万选才。

【评】第二句及第五、六句，见南唐中主《浣溪沙》词半阕。①

【集评】张宗橚《词林纪事》曰：细玩"无可奈何"一联，情致缠绵，音调谐婉，的是倚声家语。若作七律，未免软弱矣。

寓　意②

油壁香车不再逢，峡云无迹任西东。

_____

① 评云"南唐中主《浣溪沙》词"，误，当为晏殊《浣溪沙》词，词曰："一曲新词酒一杯，去年天气旧亭台。夕阳西下几时回。　无可奈何花落去，似曾相识燕归来。小园香径独徘徊。"
② 题，一本作《无题》。

梨花院落溶溶月,柳絮池塘淡淡风。

几日寂寥伤酒后,一番萧索禁烟中。

鱼书欲寄何由达,水远山长处处同。

【评】同叔工词,故能作"溶溶"、"淡淡"二语,而却是诗而非词。自
《三百篇》"莫莫"、"喈喈"、"依依"、"霏霏"而后,诗人工用叠字,盖悉数
不能终其物矣。

【集评】冯舒曰:自然美丽,然所寓之意与升平无干。(《瀛奎律髓汇评》)

冯班曰:次联自然富贵,妙在无金玉气。腹联清怨,妙在无脂粉气。此
艳体中之甲科也。(同上)

王禹偁 字元之,济州钜野人。官至翰林学士。

暴富送孙何入史馆

孟郊尝贫苦,忽吟不贫句。

为喜玉川子,书船归洛浦。

孟郊有《忽不贫喜卢仝书船归洛》诗。

乃知君子心,所乐在稽古。

汉公得高科,不足惟坟素。

二年佐棠阴,眼黑怕文簿。

跃身入三馆,烂目阅四库。

孟贫昔不贫,孙贫今暴富。

暴富亦须防,文高被人妒。

【集评】司马光《涑水纪闻》曰：孙何、丁谓举进士第，未有名。翰林学士王禹偁见其文大赏之，赠诗云："三百年来久不振，直从韩柳到孙丁。如今便好合修史，二子文章似六经。"二人由此诗名大振。

寄砀山主簿朱九龄

忽思蓬岛会群仙，二百同年最少年。
利市襕衫抛白纻，风流名纸写红笺。
歌楼夜宴停银烛，柳巷春泥污锦鞯。
今日折腰尘土里，共君追想好凄然。

【评】此诗全似乐天，又是《唐摭言》中材料。

【集评】《蔡宽夫诗话》曰：国初沿袭五代之余，士大夫皆宗白乐天诗，故王黄州主盟一时。

吴之振等《宋诗钞》曰：元之诗学李杜。……是时西昆之体方盛，元之独开有宋风气，于是欧阳文忠得以承流接响。

村　行

马穿山径竹初黄，信马悠悠野兴长。
万壑有声含晚籁，数峰无语立斜阳。
棠梨叶落胭脂色，荞麦花开白雪香。
何事吟余忽惆怅，村桥原树似吾乡。

【集评】林逋《读王黄州诗集》曰：放达有唐惟白傅，纵横吾宋是黄州。

魏　野 字仲先。蜀人，一作陕州人。

书友人屋壁①

> 达人轻禄位，居处傍林泉。
> 洗砚鱼吞墨，烹茶鹤避烟。
> 闲惟歌圣代，老不恨流年。
> 静想闲来者，还应我最偏②。

【评】三、四不落小方，第六句是高人语。

【集评】方回《瀛奎律髓》曰：此"洗砚"、"烹茶"一联最佳。

登原州城呈张贵从事③

> 异乡何处最牵愁，独上边城城上楼。
> 日暮北来惟有雁，地寒西去更无州。
> 数声塞角高远咽，一派泾河冻不流。

---

① 题，一本作《书逸人俞太中屋壁》。
② 末二句，一本作："每到论诗外，慵多对榻眠。"
③ 张贵，一本作"张赍"。

9

君作贫官我为客,此中离恨共难收。

【评】案,仲先隐人,能作第二联壮阔语,较为难得。又句云:"空看新雁字,不得故人书。"说得自然。

【集评】僧文莹《玉壶野史》曰:魏野,字仲先。其诗固无飘逸俊迈之气,但平朴而常不事虚语尔。

送王希赴任衢州判官

秋江四十有余程,称作红莲汛去清。
从阙到州堪羡处,船中坐卧看山行。

【评】案,又句云:"有名闲富贵,无事小神仙"、"数杯村店酒,一首野人诗",皆能本色。

林　逋 字君复,赐谥和靖先生,钱塘人。

梅　花①

众芳摇落独鲜妍,占断风情向小园。
疏影横斜水清浅,暗香浮动月黄昏。

---

① 此二首其一,《和靖先生集》题为《山园小梅二首》(之一);其二题作《梅花》。

霜禽欲下先偷眼，粉蝶如知合断魂。

幸有微吟可相狎，不须檀版共金尊。

【集评】查慎行曰：再三玩味次联，终逊"雪后"一联。（《瀛奎律髓汇评》）

纪昀《瀛奎律髓刊误》曰：三、四及前一联皆名句，然全篇俱不称，前人已言之。

吟怀长恨负芳时，为见梅花辄入诗。

雪后园林才半树，水边篱落忽横枝。

人怜红艳多应俗，天与清香似有私。

堪笑胡雏亦风味，解将声调角中吹。

【评】案，山谷谓"疏影"二句，不如"雪后"一联，亦不尽然。"雪后"联写未盛开之梅，从"前村风雪里，昨夜一枝开"来。"疏影"联稍盛开矣，其胜于"竹影桂香"句，自不待言。

【集评】方回《瀛奎律髓》曰：山谷谓"水边篱落忽横枝"此一联胜"疏影"、"暗香"联。欧公疑未然。盖山谷专论格，欧公专取意味精神耳。

查慎行曰：三、四两句，不但格高，正以意味胜耳。（《瀛奎律髓汇评》）

自作寿堂因书一绝以志之

湖上青山对结庐，坟前修竹亦萧疏。

茂陵他日求遗稿，犹喜曾无封禅书。

【评】案，和靖名句，尚有："鹤闲临水久，蜂懒得花疏"；"萧疏秋树色,老大故人心";"春水净于僧眼碧,晚山浓以佛头青";"前岩数本长松色,及早归来带雪看"。其"草泥行郭索,云木叫钩辀"二句,不过小巧而已,开浙中南屏诗社、厉樊榭、金冬心一派。

【集评】梅尧臣《林和靖先生诗集序》曰:君在咸平、景德间,已大有闻,会天子修封禅,未及诏聘,故终老而不得施用于时。

吴之振等《宋诗钞》曰:其诗平澹邃美而趣向博远,故辞主静正而不露刺讥。

杨　朴　字契元,郑州人。

莎　衣

软绿柔蓝著胜衣,倚船吟钓正相宜。
蒹葭影里和烟卧,菡萏香中带雨披。
狂脱酒家春醉后,乱堆渔舍晚晴时。
直饶紫绶金章贵,未肯轻轻博换伊。

【评】第三联,晚唐人除陆鲁望、张志和,无能及者。

【集评】何焯曰:五、六尽佳,惜落句不称。七句太直,又无根。八句俚。(《瀛奎律髓汇评》)

纪昀《瀛奎律髓刊误》曰:卑俗之至,不足言诗。

范仲淹　字希文,官至陕西四路宣抚使。

野　色

非烟亦非雾,幂幂映楼台。

白鸟忽点破,斜阳还照开。

肯随芳草歇,疑逐远帆来。

谁会山公意,登高醉始回。

【评】《林下偶谈》云,此诗不下司马池《行色》之作,梅圣俞所谓"写难状之景,如在目前"也。

【集评】赵孟坚《凌愚谷集序》曰:庆历以来,六一公欧氏未变体之际,王黄州、范文正诸公充然富赡,宛乎盛唐之制,亦其天姿之夐,已脱去五季琐俗之陋。

韩　琦　字稚圭,安阳人,官至集贤殿文学士,封魏国公。

九日水阁

池馆隳摧古榭荒,此延嘉客会重阳。

虽惭老圃秋容淡,且看黄花晚节香。

酒味已醇新过熟,蟹螯先实不须霜。

年来饮兴衰难强，漫有高吟力尚狂。

【集评】江少虞《皇朝类苑》：魏公在北门，重阳宴诸曹于后园，有诗一联云："不羞老圃秋容淡，且看黄花晚节香。"公居常谓："保初节易，保晚节难。"故晚节事尤著，所立特完。

纪昀《瀛奎律髓刊误》曰：此在魏公诗中为老健之作，不止三、四为诗话所称。

北塘避暑

尽室林塘涤暑烦，旷然如不在尘寰。
谁人敢议清风价？无乐能过白日闲。
水鸟得鱼长自足，岭云含雨只空还。
酒阑何物醒魂梦？万柄莲香一枕山。

【评】三、四笔力恣肆。
【集评】吴之振等《宋诗钞》曰：诗率臆得之，而意思深长，有锻炼所不及。理趣流露，皆贤相识度。

发白有感

区区边朔有何成？三失流年只自惊。
无一事来头尚白，白头人处岂堪行？

【评】案，中朝大官工诗者，殆无如安阳。句如"高台面垒包平野，老柏参天碍远山",有气量,有寄慨。"尽日杨花飞又歇,有时林鸟见还藏","惜春情味过年少,战酒英雄退日前",皆颇悃悃。又"欲战万愁无酒力,可堪三月去堂堂",透过一层说。又《柳絮》云:"一春情绪空撩乱,不是天生稳重花",老成而不陈腐。

蔡 襄 字君谟,莆田人,官至端明殿学士,谥忠惠。

上元应制

高列千峰宝炬森,端门方喜翠华临。
宸游不为三元夜,乐事还同万众心。
天上清光留此夕,人间和气阁春阴。
要知尽庆华封祝,四十余年惠爱深。

【评】从来应制诗,未有不过于颂扬者,独此首殆有似《郭有道碑》,当之无愧色者矣。盖宋仁宗固古今罕有之贤主也。

梦 中 作①

天际乌云含雨重,楼前红日照山明②。

----

① 题,一本作《梦游洛中十首》,此为十首之一。
② 原注:"梦中两句。"

嵩阳居士今何在^①?青眼看人万里情。

【评】此诗虽不及欧公梦中之作,然已有神助矣。

张　咏 字复之,濮州鄄城人,号乖崖。官至礼部尚书。

新市驿别郭同年

驿亭门外叙分携,酒尽扬鞭泪湿衣。
莫讶临歧再回首,江山重叠故人稀。

【评】末七字,眼前语,说得担斤两。
【集评】胡仔《苕溪渔隐丛话》曰:乖崖诗句清词古,与郊、岛相先后。

晚泊长台驿

驿亭斜掩楚城东,满引浓醪劝谏慵。
自恋明时休未得,好山非是不相容。

【评】翻用《北山移文》,婉挚。

---

① 原注:"司门员外郎王益恭,年四十余致政,居洛中,自号嵩阳居士。"

【集评】吴之振等《宋诗钞》曰：诗雄健古淡，有气骨，称其为人。

赵　抃　字阅道，衢之西安人。官至资政殿大学士，谥清献。

次韵孔宪蓬莱阁

山巅危构傍蓬莱，水阁风长此快哉。
天地涵容百川入，晨昏浮动两潮来。
遥思坐上游观远，愈觉胸中度量开。
忆我去年曾望海，杭州东向亦楼台。

【评】三、四较孟公之"气蒸云梦泽"二语，似乎过之；杜老之"吴楚东南"一联，尚未知鹿死谁手。

案，阅道《招运判霍交回辕》云："自邛之雅渐高丘，所过从容尽胜游"；再有《蜀命别王禹卿》云："穆陵关望剑门关，岱岳山连蜀道山"，皆起势轩敞，而余远不逮。

【集评】叶梦得《石林诗话》曰：赵清献以清德服一世。

和宿峡石寺下

淮岸浮图半倚天，山僧应已离尘缘。
松关暮锁无人迹，惟放钟声入画船。

【评】令张继见之，前贤岂能不畏后生。

【集评】吴之振等《宋诗钞》曰：诗触口而成，工拙随意，而清苍郁律之气出于肺肝。

答赣县钱颛著作移花

令尹怜花意思勤，海棠多种郡园新。

自从两蜀年年见，今日栏边似故人。

程师孟　字公辟，吴人。官至光禄大夫。

游玉尺山寺

永日清阴喜独来，野僧题石作吟台。

无诗可比颜光禄，每忆登临却自回。

【评】自然。

曾公亮 字明仲，晋江人。官至昭文馆大学士。

宿甘露僧舍

枕中云气千峰近，床底松声万壑哀。
要看银山拍天浪，开窗放入大江来。

【评】东坡《南堂》绝句之"挂起西窗浪接天"，似尚当弟畜。

张　先 字子野，乌程人。官至都官郎中。

题西溪无相院

积水涵虚上下清，几家门静岸痕平。
浮萍破处见山影，小艇归时闻草声。
入郭僧寻尘里去，过桥人似鉴中行。
已凭暂雨添秋色，莫放修芦碍月生。

【评】子野词家，诗可与晚唐人争席。
【集评】查慎行曰：三、四小巧而鲜新。（《瀛奎律髓汇评》）
　　纪昀《瀛奎律髓刊误》曰：三、四有致，宜为东坡所称，然气象未大，颇近诗余。五句作意而笨。

司马池 字和中，陕州夏县人。官至天章阁待制。

行 色

冷于陂水淡于秋，远陌初穷到渡头。
赖是丹青不能画，画成应遣一生愁。

【评】有神无迹。文言之，为欧公之"平芜尽处是春山，行人更在春山外"；质言之，则为此诗第二句。东坡《溪光亭》诗，则绚焕照烂矣。

【集评】司马光《温公续诗话》曰：先公监安丰酒税，赴官，尝有《行色》诗云云，岂非状难写之景也。

吕夷简 字坦夫，寿州人。官至司空、平章军国重事。

天 花 寺

贺家湖上天花寺，一一轩窗向水开。
不用闭门防俗客，爱闲能有几人来？

石延年　字曼卿，宋城人。官至太子中允。

金乡张氏园亭

亭馆连城敌谢家，四时园色斗明霞。
窗迎西渭封侯竹，地接东陵隐士瓜。
乐意相关禽对语，生香不断树交花。
纵游会约无留事，醉待参横月落斜。

【评】能于"绿杨宜作两家春"外，辟出境界。清武进刘绳庵《试鸿博山鸡舞镜》诗，以"可能对语便关关"句冠其曹，此诗之沾溉，有如此者。
【集评】蔡正孙《诗林广记》曰：石曼卿诗如饥鹰乍归，迅逸不可言。

穆　修　字伯长，天平人。官至泰州司理参军。明道元年卒。

鲁从事清晖阁

庾郎真好事，溪阁斩新开。
水石精神出，江山气色来。
疏烟分鹭立，远霭见帆回。
公退资清兴，闲吟倚槛裁。

贵侯园①

名园虽自属侯家，任客闲游到日斜。
富贵位高无暇出，主人空看折来花。

【评】善戏谑兮，不为虐兮。

独 游

水曲林幽独杖藜，郫筒香入乱花携。
轻肥不得寻春意，动要笙歌逐马蹄。

欧阳修　字永叔，庐陵人，号六一居士。官至兵部尚书，谥文忠。

礼部贡院阅进士试②

紫殿焚香暖吹轻，广庭清晓席群英。
无哗战士衔枚战③，下笔春蚕食叶声。

---

① 此为作者《城南五题》之三。
② 一本目录题下注："嘉祐四年。"
③ 衔枚战：一本作"衔枚勇"。

乡里献贤先德行，朝廷列爵待公卿。

自惭衰病心神耗，赖有群公识鉴精。

【评】三、四写举子在闱中作文情状。

【集评】苏轼《居士集叙》：欧阳子论大道似韩愈，论事似陆贽，记事似司马迁，诗赋似李白。此非余言也，天下之言也。

梦中作

夜凉吹笛千山月，路暗迷人百种花。

棋罢不知人换世，酒阑无奈客思家。

【评】此诗当真是梦中作，如有神助。

【集评】胡仔《苕溪渔隐丛话》曰：欧公作诗，盖欲自出胸臆，不肯蹈袭前人。亦其才高，故不见牵强之迹耳。

沧浪亭

子美寄我《沧浪吟》，邀我共作《沧浪篇》。

沧浪有景不可到，使我东望心悠然。

荒湾野水气象古，高林翠阜相回环。

新篁抽笋添夏景，老柄乱发争春妍。

水禽闲暇事高格，山鸟月夕相啾喧。

不知此地几兴废？仰视乔木皆苍烟。

堪嗟人迹到不远，虽有来路曾无缘。

穷奇极怪谁似子？搜索幽隐探神仙。

初寻一径入蒙密，豁目异境无穷边。

风高月白最宜夜，一片莹净铺琼田。

清光不辨水与月，但见空碧涵漪涟。

清风明月本无价，可惜只卖四万钱。

又疑此境天乞与，壮士憔悴天应怜。

鸱夷古亦有独往，江湖波涛渺翻天。

崎岖世路欲脱去，反以身试蛟龙渊。

岂如扁舟任飘兀，红蕖渌浪摇醉眠。

丈夫身在岂长弃，新诗美酒聊穷年。

虽然不许俗客到，莫惜佳句人间传。

【评】案，此诗未免辞费，使少陵、昌黎为之，必多层折而无长语。《渼陂行》《山石》可参看也。特此题是诗家一掌故，故录之。"清风明月"二句，更一诗料。

【集评】严羽《沧浪诗话》曰：欧阳公学韩退之古诗。

王士禛《古诗选凡例》曰：宋承唐季衰陋之后，至欧阳文忠公，始拔流俗。七言长句，高处直追昌黎，自王介甫辈，皆不及也。

丰乐亭小饮

造化无情不择物，春色亦到深山中。

山桃溪杏少意思，自趁时节开春风。

看花游女不知丑，古妆野态争花红。

人生行乐在勉强,有酒莫负琉璃钟。

主人勿笑花与女,嗟尔自是花前翁。

【评】第六句写得出,第五句以太守而说游女之丑,似未得体,当有以易之。

戏答元珍^①

春风疑不到天涯,二月山城未见花。

残雪压枝犹有橘,冻雷惊笋欲抽芽。

夜闻啼雁生乡思,病入新年感物华。

曾是洛阳花下客,野芳虽晚不须嗟。

【评】案,结韵用高一层意自慰。又《黄溪夜泊》结韵云:"行见江山且吟咏,不因迁谪岂能来?"亦是。

【集评】方回《瀛奎律髓》曰:此夷陵作,欧公自谓得意。盖"春风疑不到天涯"句,未见其妙,若可惊异;第二句云"二月山城未见花",即先问后答,明言其所谓也。以后句句有味。

丰乐亭游春^②

绿树交加山鸟啼,晴风荡漾落花飞。

鸟歌花舞太守醉,明日酒醒春已归。

---

① 题下原注:"一本下云:'花时久雨之什。'"
② 此为《丰乐亭游春》三首之一。

25

怀嵩楼新开南轩与郡僚小饮

绕郭云烟匝几重,昔人曾此感怀嵩。

霜林落后山争出,野菊开时酒正浓。

解带西风飘画角,倚栏斜日照青松。

会须乘醉携嘉客,踏雪来看群玉峰。

【评】"霜林"二句,极为放翁所揣摩。

【集评】叶梦得《石林诗话》曰:欧阳文忠公诗始矫昆体,专以气格为主。故其言多平易疏畅。律诗意所到处,虽语有不伦,亦不复问。

别　滁

花光浓烂柳轻盈,酌酒花前送我行。

我亦且—作"只"如常日醉,莫教弦管作离声。

【评】末二语直是乐天。

【集评】吴之振等《宋诗钞》曰:其诗如昌黎,以气格为主。昌黎时出排奡之句,文忠一归之于敷愉。

招许主客

欲将何物招嘉客,惟有新秋一味凉。
更扫广庭宽百亩,少容明月放清光。
楼头破鉴看将满,瓮面浮蛆拨已香。
仍约多为诗准备,共防梅老敌难当。

【评】案,"少容"若作"多容"更佳。第七句"多"字可改。
【集评】朱自清《宋五家诗钞》曰:第五句是诗的结构,所谓倒战而出也。
同上:"少"当同"稍",非"多少"之"少",字较"多"字婉曲。

宿云梦馆

北雁来时岁欲昏,私书归梦杳难分。
井桐叶落池荷尽,一夜西窗雨不闻。

【评】案,《赠王介甫》前半首云:"翰林风月三千首,吏部文章二百年。老去自怜心尚在,后来谁与子争先?"《唐崇徽公主手痕碑》云:"玉颜自古为身累,肉食何人与国谋?"皆传作也。其最自负《庐山高》、《明妃曲》三篇,未识佳处。惟"推手为琵却手琶"七字,自出新语;《明妃曲》末"红颜胜人多薄命"二句即《手痕碑》诗意。

苏舜钦 字子美,梓州人。官至湖州长史。

哭 曼 卿

去年春风开百花,与君相会欢无涯。
高歌长吟插花饮,醉倒不去眠君家。
今年恸哭来致奠,忍欲出送攀魂车。
春辉照眼一如昨,花已破颣兰生芽。
唯君颜色不复见,精魂飘忽随朝霞。
归来悲痛不能食,壁上遗墨如栖鸦。
呜呼死生遂相隔,使我双泪风中斜。

【评】案,此诗无甚异人处,惟第三句的是曼卿酒酣神情。(详欧阳公文中。)"归来"句,是实在沉痛语。

【集评】欧阳修《六一诗话》曰:圣俞、子美齐名于一时,而二家诗体特异:子美笔力豪隽,以超迈横绝为奇;圣俞覃思精微,以深远闲淡为意;各极其长,虽善论者不能优劣也。

中秋夜吴江亭上对月怀前宰
张子野及寄君谟蔡大

独坐对月心悠悠,故人不见使我愁。
古今共传惜今夕,况在松江亭上头。
可怜节物会人意,十日阴雨此夜收。

不惟人间惜此月，天亦有意于中秋。
长空无瑕露表里，拂拂渐上寒光流。
江平万顷正碧色，上下清澈双璧浮。
自视直欲见筋脉，无所逃避鱼龙忧。
不疑身世在地上，只恐槎去触斗牛。
景清境胜反不足，叹息此际无交游。
心魂冷烈晓不寝，勉为笔此传中州。

【评】望月怀人语，数见不鲜矣，此作颇能避熟就生。写月光澈骨，种种异乎寻常，如自责得陇望蜀，尤其透过一层处。

【集评】宋荦《苏子美文集序》曰：子美独崛兴于举世不为之时，挽杨、刘之颓波，导欧、苏之前驱，其才识尤有过人者。

静胜堂夏日呈王尉

虚堂吏事稀，吟卧欲忘机。
窗静蜂迷出，帘疏燕误飞。
烦心倾晚簟，倦体快风衣。
更想霜云外，同君看翠微。

过 苏 州

东出盘门刮眼明，萧萧疏雨更阴晴。
绿杨白鹭俱自得，近水遥山皆有情。

万物盛衰天意在，一身羁苦俗人轻。
无穷好景无缘住，旅棹区区暮亦行。

【评】三、四是苏州风景。

【集评】吴之振等《宋诗钞》曰：至情志忠恻而议论当理要，又非诗人粗豪一流所比。

和淮上遇便风

浩荡清淮天共流，长风万里送归舟。
应愁晚泊卑喧地，吹入沧溟始自由。

【评】案，《晚泊龟山》有句云："石势向人森剑戟，滩光和月泻琼瑰。"《秋夕怀南中故人》云："池光不动天深碧，月色无情人独愁。"

淮中晚泊犊头

春阴垂野草青青，时有幽花一树明。
晚泊孤舟古祠下，满川风雨看潮生。

【评】视"春潮带雨晚来急"，气势过之。

【集评】刘克庄《后村诗话》曰：极似韦苏州。

梅尧臣 字圣俞,人称"宛陵先生",宣州宣城人。官至尚书屯
田都官员外郎。

和才叔岸旁庙

树老垂缨乱,祠荒向水开。
偶人经雨踏,古屋为风摧。
野鸟栖尘坐,渔郎奠竹杯。
欲传《山鬼》曲,无奈《楚辞》哀。

【评】写破庙如画。
【集评】刘克庄《后村诗话》曰:本朝诗惟宛陵为开山祖师。宛陵出,然
后桑濮之哇淫稍息,风雅之气脉复续,其功不在欧、尹之下。

范饶州坐中客语食河豚鱼

春洲生荻芽,春岸飞杨花。
河豚当是时,贵不数鱼鰕。
其状已可怪,其毒亦莫加。
忿腹若封豕,怒目犹吴蛙。
庖煎苟失所,入喉为镆铘。
若此丧躯体,何须资齿牙?
持问南方人,党护复矜夸。
皆言美无度,谁谓死如麻。

吾语不能屈，自思空咄嗟。

退之来潮阳，始惮飧笼蛇。

子厚居柳州，而甘食虾蟆。

二物虽可憎，性命无舛差。

斯味曾不比，中藏祸无涯。

甚美恶亦称，此言诚可嘉。

【评】此诗绝佳者，实只首四句，余皆词费。然所谓探骊得珠，其余鳞爪之而，听之而已。

【集评】欧阳修《六一诗话》曰：圣俞平生苦于吟咏，以闲远古淡为意，故其构思极艰。此诗作于罇俎之间，笔力雄赡，顷刻而成，遂为绝唱。

送何遁山人归蜀

春风入树绿，童稚望柴扉。

远壑杜鹃响，前山蜀客归。

到家逢社燕，下马浣征衣。

终日自临水，应知已息机。

【评】第二联寻常语，用之送归蜀者，独觉自然稳切。

【集评】龚啸曰：去浮靡之习于昆体极弊之际，存古淡之道于诸大家未起之先，此所以为梅都官诗也。（《宋诗钞》）

醉中留别永叔子履

新霜未落汴水浅，轻舸唯恐东下迟。
绕城假得老病马，一步一跛令人疲。
到君官舍欲取别，君惜我去频增嘻。
便步髯奴呼子履，又令开席罗酒卮。
逡巡陈子果亦至，共坐小室聊伸眉。
烹鸡庖兔下箸美，盘实钉馉栗与梨。
萧萧细雨作寒色，厌厌尽醉安可辞。
门前有客莫许报，我方剧饮冠帻欹。
文章或论到渊奥，轻重曾不遗毫厘。
间以辨谑每绝倒，岂顾明日无晨炊。
六街禁夜犹未去，童仆窃讶吾侪痴。
谈兵究弊又何益，万口不谓儒者知。
酒酣耳热试发泄，二子尚乃惊我为。
露才扬己古来恶，卷舌噤口南方驰。
江湖秋老鳜鲈熟，归奉甘旨诚其宜。
但愿音尘寄鸟翼，慎勿却效儿女悲。

【评】"万口"句，加倍写法。

【集评】汪伯彦《梅圣俞诗集后序》曰：圣俞公之诗简古纯粹，华而不绮，清而不癯。

送潘供奉承勋

与君迹熟情已亲,欲将行迈聊感人。
举酒不能效时俗,半辞苦语资立身。
长大实好带刀剑,曷不往助清边尘?
门戟虽高岂自有,当思乃祖为功臣。
所宜勇跃发奇策,嘉名定体庶得真。
傥以此言作狂说,乘肥食脆任青春。

【评】斩钉截铁,所谓不屑之教诲也。

寄题徐都官新居假山

太湖万穴古山骨,共结峰岚势不孤。
苔径三层平木末,河流一道接墙隅。
已知谷口多花药,只欠林间落狖鼯。
谁侍巾鞲此游乐,里中遗老肯相呼?

【评】首韵言取太湖石为假山。
【集评】纪昀《瀛奎律髓刊误》曰:语皆板拙。

悼亡三首

结发为夫妇，于今十七年。
相看犹不足，何况是长捐。
我鬓已多白，此身宁久全？
终当与同穴，未死泪涟涟。

【评】与放翁之"此身行作稽山土"，皆从《毛诗》来。

每出身如梦，逢人强意多。
归来仍寂寞，欲语向谁何？
窗冷孤萤入，宵长一雁过。
世间无最苦，精爽此消磨。

【评】末韵即荀奉倩神伤之意。

从来有修短，岂敢问苍天？
见尽人间妇，无如美且贤。
譬令愚者寿，何不假其年？
忍此连城宝，沉埋向九泉。

【评】情之所钟，不免质言。虽过，当无伤也。
案，潘安仁诗，以《悼亡三首》为最。然除"望庐"二句、"流芳"二句、
"长簟"二句外，无沉痛语。盖熏心富贵，朝命刻不去怀，人品不可与都

官同日语也。

【集评】朱自清《宋五家诗钞》曰：此三诗当与潘岳、元稹之作并观。

书　哀

天既丧我妻，又复丧我子。

两眼虽未枯，片心将欲死。

雨落入地中，珠沉入海底。

赴海可见珠，掘地可见水。

唯人归泉下，万古知已矣。

拊膺当问谁？憔悴鉴中鬼。

【评】此首与前二首"精爽"十字，最为沉痛。

四月二十七日与王正仲饮

我来自楚君自吴，相遇泛波衔舳舻。

时时举酒共笑乐，莫问罍盎有与无。

醉忆曩同吾永叔，倒冠落佩来西都。

是时豪快不顾俗，留守赠橐少尹俱。

高吟持去拥鼻学，雅阕付唱纤腰姝。

山东腐儒漫侧目，洛下才子争归趋。

自兹离散二十载，不复更有一日娱。

如今旧友已无几，岁晚得子欣为徒。

月下怀裴如晦宋中道

九陌无人行，寒月净如水。
洗然天宇空，玉井东南起。
我马卧我庭，帖帖垂颈耳。
霜花满黑鬣，安欲致千里？
我仆寝我厩，相背肖两已。
夜深忽惊魇，呼若中流矢。
是时兴我怀，顾影行月底。
唯影与月光，举止无猜毁。
吾交有裴宋，心意月影比。
寻常同语默，肯问世俗子。

【评】皴为两已相背，化腐为奇。末由太白对月意，翻进两层。

东城送运判马察院

春风骋巧如剪刀，先裁杨柳后杏桃。
圆尖作瓣得疏密，颜色又染燕脂牢。
黄鹂未鸣鸠欲雨，深园静墅声嗷嗷。
役徒开汴前日放，亦将决水归河槽。
都人倾望若焦渴，寒食已近沟已淘。
何当黄流与雨至，雨深一尺水一篙。

都水御史亦即喜，日夜顺疾回轻舠。
频年吴楚水苦旱，一稔未足生脂膏。
吾愿取之勿求羡，穷鸟困兽易遁逃。
我今出城勤送子，沽酒不惜典弊袍。
数途必向睢阳去，太傅太尹皆英豪。
试乞二公评我说，万分岂不益毫毛。
国给民苏自有暇，东园乃可资游遨。

许生南归

大盘小盘堆明珠，海估眩目迷精粗。
斗量入贡由掇拾，未必一一疵颣无。
不贡亦自有光价，此等固知鱼目殊。
许生怀文颇所似，暂抑安用频增呼？
倚门老母应日望，霜前稻熟春红秬。
归来烂炊多酿酒，洗荡幽愤倾盆盂。
九卿有命不愁晚，朱邑当年一啬夫。

【评】对不明主司，曲为原谅，见被屈之不足怪，匪特敦厚，亦为许生留身分。东坡之"过眼目迷日五色"，即此意。

吴冲卿出古饮鼎

精铜作鼎土不蚀,地下千年藓花羃。
腹空凤卵留藻文,足立三刀刃微直。
左耳可执口可斟,其上两柱何对植。
从谁发掘归吴侯? 来助雅饮欢莫极。
又荷君家主母贤,翠羽胡琴令奏侧。
丝声不断玉筝繁,绕树黄鹂鸣不得。
我虽衰薾为之醉,玩古乐今人未识。

寄滁州欧阳永叔

昔读韦公集,固多滁州词。
烂熳写风土,下上穷幽奇。
君今得此郡,名与前人驰。
君才比江海,浩浩观无涯。
下笔犹高帆,十幅美满吹。
一举一千里,只在顷刻时。
寻常行舟舻,傍岸撑牵疲。
有才苟如此,但恨不勇为。
仲尼著春秋,贬骨尝苦笞。
后世各有史,善恶亦不遗。
君能切体类,镜照媸与施。

直辞鬼胆惧，微文奸魄悲。

不书儿女事，不作风月诗。

唯存先王法，好丑无使疑。

安求一时誉，当期千载知。

此外有甘脆，可以奉亲慈。

山蔬采笋蕨，野膳猎麕麖。

鲈脍古来美，枭炙今且推。

夏果亦琐细，一一旧颇窥。

圆尖剥水实，青红摘林枝。

又足供宴乐，聊与子所宜。

慎勿思北来，我言非狂痴。

洗虑当以净，洗垢当以脂。

此语同饮食，远寄入君脾。

【评】劝其勿望内行，但安弃外，命意迥不犹人。观其止说两句，含蓄不尽。

对雪忆往岁钱塘西湖访林逋三首录一

昔乘野艇向湖上，泊岸去寻高士初。

折竹压篱曾碍过，却穿松下到茅庐。

【评】杨诚斋有此笔意。

小 村

淮阔洲多忽有村，棘篱疏败谩为门。
寒鸡得食自呼伴，老叟无衣犹抱孙。
野艇鸟翘唯断缆，枯桑水啮只危根。
嗟哉生计一如此，谬入王民版籍论。

【评】写贫苦小村，有画所不到者。末句婉而多风。
【集评】纪昀《瀛奎律髓刊误》曰：七、八，其词怨以怒。
朱自清《宋五家诗钞》曰："自"字"犹"字，俱不轻下。

梦后寄欧阳永叔

不趁常参久，安眠向旧溪。
五更千里梦，残月一城鸡。
适往言犹是，浮生理可齐。
山王今已贵，肯听竹禽啼。

戊子三月二十一日殇小女称称三首_{录二}

生汝父母喜，死汝父母伤。
我行岂有亏？汝命何不长！
鸦雏春满窠，蜂子夏满房。

　　　　　毒螫与恶噪,所生遂飞扬。

　　　　　理固不可诘,泣泪向苍苍。

【评】落想迥不犹人。

　　　　　蓓蕾树上花,莹洁若婴女。

　　　　　春风不长久,吹落便归土。

　　　　　娇爱命亦然,苍天不知苦。

　　　　　慈母眼中血,未干同两乳。

【评】末十字,苦情写得出。

【集评】朱自清《宋五家诗钞》曰:"娇爱"句弱。

东　溪

　　　　　行到东溪看水时,坐临孤屿发船迟。

　　　　　野凫眠岸有闲意,老树著花无丑枝。

　　　　　短短蒲茸齐似剪,平平沙石净于筛。

　　　　　情虽不厌住不得,薄暮归来车马疲。

【评】三、四的是名句。

【集评】方回《瀛奎律髓》曰:三、四为当世名句,众所脍炙。

冯舒曰:三、四亦好,然非唐音。(《瀛奎律髓汇评》)

览显忠上人诗

昔读远公传,颇闻高行僧。
庐山将欲雪,瀑布结成冰。
寻迹数百载,历危千万层。
师来笑贾岛,只解咏嘉陵。

【评】一气呵成。

缺　月

缺月来照屋角时,西家狗吠东家疑。
夜深精灵鬼物动,偬宰古莽无风吹。

宋　祁　字子京,开封雍丘人。官至翰林学士承旨,谥景文。

落　花

坠素翻红各自伤,青楼烟雨忍相忘。
将飞更作回风舞,已落犹成半面妆。
沧海客归珠迸泪,章台人去骨遗香。
可能无意传双蝶,尽付芳心与蜜房。

【评】三、四写落花身分,只合如此。子京多侍儿,疑有伤逝意。

【集评】方回《瀛奎律髓》曰:李义山《落花》诗:"落时犹自舞,扫后更余香。"亦妙,乃此诗三、四之祖。

纪昀《瀛奎律髓刊误》曰:结乃神似玉溪,余皆貌似也。

九日置酒

秋晚佳晨重物华,高台复帐驻鸣笳。
邀欢任落风前帽,促饮争吹酒上花。
溪态澄明初毕雨,日痕清澹不成霞。
白头太守真愚甚,满插茱萸望辟邪。

【评】九日登高,不作感慨语,似只有此诗。

文彦博 字宽夫,介休人。官至太师,封潞国公。

登平崧阁右崧亭作

不较平崧与右崧,大都亭阁画穷崇。
太行太室当前后,俱是家山入望中。

雪中枢密蔡谏议借示范宽雪景图

梁园深雪里，更看范宽山。

迥出关荆外，如游嵩少间。

云愁万木老，渔罢一蓑还。

此景堪延客，拥炉倾小蛮。

【评】白乐天云：小蛮，酒榼也。

招仲通司封府园避暑

骑山楼下水轩东，一室初开待白公。

虽是不如南涧上，都缘却有北窗风。

衔杯避暑称河朔，飞盖延宾在邺中。

解榻况逢徐孺子，馈浆茹饭与君同。

【评】于南溪上别葺一室待白傅，为牛奇章事。

清明后同秦帅端明会饮李氏园池

洛浦林塘春暮时，暂同游赏莫相违。

风光不要人传语，一任花前尽醉归。

【评】即清风明月不用钱买意，变换说之。"传语"二字，从武后"火速报春知"来。

黄　庶　字亚父，号青社，分宁人。官州府从事，有《伐檀集》。

探　春

雪里犹能醉落梅，好营杯具待春来。
东风便试新刀尺，万叶千花一手裁。

望春偶书

信马寻春上古原，天工一幅绣平川。
花应笑我将诗句，便当游人费万钱。

和陪丞相听蜀僧琴^①

小园岂是春来晚，四月花飞入酒杯。
都为主人尤好事，风光留住不教回。

---

① 题应从《四库全书》本黄庶《伐檀集》卷上作《饮张承制园亭》；《和陪丞相听蜀僧琴》在
此诗之前，编者误冠。

怪　石①

山鬼水怪著薜荔，天禄辟邪眠莓苔。
钩帘坐对心语口，曾见汉唐池馆来。

【评】落想不凡，突过卢仝、李贺。亚父，山谷父，家学可见一斑。

元伯示清水泊之什因和酬

十年不踏故溪上，有时梦去千里游。
每思鱼行鉴中见，青衫手版如仇雠。
秋风鲈肥美无价，莫怪张翰不可留。
前日诵君清水吟，胸中突起百尺愁。
儿牵女婴走尘土，百年一半如弃投。
清风明月无界畔，白首愿作山中侯。
君诗写出渔者意，老景一片在目眸。
清泉钓舟未入手，聊可观诵忘吾忧。

【评】出语总不犹人。

---

① 此诗，《伐檀集》卷上作："山阿有人著薜荔，廷下缚虎眠莓苔。手摩心语知许事，曾见汉唐池馆来。"

司马光 字君实,夏县人。官至尚书左仆射,谥文正,有《传家集》。

和邵尧夫安乐窝中职事吟

灵台无事日休休,安乐由来不外求。
细雨寒风宜独坐,暖天佳景即闲游。
松篁亦足开青眼,桃李何妨插白头。
我以著书为职业,为君偷暇上高楼。

和君贶题潞公东庄

嵩峰远叠千重雪,伊浦低临一片天。
百顷平皋连别馆,两行疏柳拂清泉。
国须柱石扶丕构,人待楼航济巨川。
萧相方如左右手,且于穷僻置闲田。

闲 居

故人通贵绝相过,门外真堪置雀罗。
我已幽慵僮更懒,雨来春草一番多。

野 轩

黄鸡白酒田间乐，藜杖葛巾林下风。
更若食芹仍暴背，野怀并在一轩中。

闲 居

闲居虽懒放，未得便无营。
伐木添山色，穿渠擘水声。
经霜收芋美，带雨接花成。
前日邻翁至，柴门扫叶迎。

别 长 安

暂来还复去，梦里到长安。
可惜终南色，临行子细看。

暮春同刘伯寿史诚之饮宋叔达园

絮狂飞作团，梅小不多酸。
共惜春余好，更穷今日欢。
清流入花底，翠岭出林端。

嫩笋玉蒌箸，新樱珠照盘。

邀迎嘉客易，会合故人难。

寄语门前仆，骅骝任解鞍。

久雨效乐天体

雨多虽可厌，气凉还可喜。

欲语口慵开，无眠身懒起。

一榻有余宽，一饭有余美。

想彼庙堂人，正应忧燮理。

【评】显宦退居，措语得体。

南园饮罢留宿诘朝呈鲜于子骏
范尧夫彝叟兄弟

园僻青春深，衣寒积雨阕。

中宵酒力散，卧对满窗月。

旁观万象寂，远听群动绝。

只疑玉壶冰，未应比明洁。

【集评】邵伯温《邵氏闻见录》曰：公判西京留司御史台，遂居洛。买园于尊贤坊，以独乐名之。

和邵尧夫年老逢春

年老逢春春莫咍,朱颜不肯似春回。
酒因多病无心醉,花不解愁随意开。
荒径倦游从碧草,空庭懒扫自苍苔。
相逢谭笑犹能在,坐待牵车陌上来。

华严真师以诗见觌聊成二章纪其趣尚

知足随缘处处安,一身温饱不为难。
禅房窄小才容榻,此外从他世界宽。

【评】不忮不求,诗人之旨也。然推到世界,自是对释家言。

素发青眸七十余,未尝游学只安居。
旁无几杖身轻健,应为心闲得自如。

客中初夏

四月清和雨乍晴,南山当户转分明。
更无柳絮因风起,惟有葵花向日倾。

【评】此诗元祐入相时之作。

句

松声工醒酒,泉味最便茶。

登山置酒延邹湛,上马回鞭问葛强。

云低秦野阔,木落渭川长。^①

刘 敞 字原父,临江人。官至御史台,私谥公是先生。

短 槐

蹒跚不称三公位,偃蹇空妨数亩庭。

只有老僧偏爱惜,倩人图画作春屏。

【评】自谦之词。

---

① 以上三联摘句未标诗题,据《宋诗钞》,诗题分别为《清燕亭》、《奉和始平公忆东平》、《重过华下》。

微雨登城①

雨映寒空半有无,重楼闲上倚城隅。
浅深山色高低树,一片江南水墨图。

【评】第三句的是江南风景。

杨 杰 字次公,无为人。官至两浙提点刑狱。

勿 去 草②

勿去草,草无恶,若比世俗俗浮薄。
君不见长安公卿家,公卿盛时客如麻,
公卿去后门无车,惟有芳草年年加。
又不见千里万里江湖滨,触目凄凄无故人,
惟有芳草随车轮。
一日还旧居,门前草先除。
草于主人实无负,主人于草宜何如?
勿去草,草无恶,若比世俗俗浮薄。

---

① 刘敞《公是集》卷二十八题作《微雨登城二首》,此其一。
② 此诗一作王安石诗,见《王文公文集》卷四十七,题下注:"或云是杨次公诗。"

【评】用意甚深厚。

和穆父待制竹堂

会稽风土竹相宜，傍竹为堂趣尚奇。

内史旧居经几代，此君高节似当时。

林无暑气客频到，笋过邻墙僧不知。

莫夹桃花引蜂蝶，实成须与凤凰期。

石　介　字守道，兖州奉符人。官至太子中允、直集贤院。

乙亥冬富春先生以老儒醇师居我东斋济北张洞明远楚宫李温渊皆服道就义与介同执弟子之礼北面受其业因作百八十二言相勉①

凤凰飞来诸鸟随，神龙游处群鱼嬉。

先生道德如韩孟，四方学者争奔驰。

济北张洞壮且勇，楚丘李温少而奇。

二子磊落颇惊俗，泰山石介更过之。

三人堂堂负英气，胸中拳挛蟠蛟螭。

道可服兮身可屈，北面受业尊为师。

---

① 李温渊，一本作"李缊渊"。

先生晨起坐堂上，口讽《大易》《春秋》辞。
洪音琅琅响齿牙，故横孔子兴宓羲。
先生居前三子后，恂恂如在汾河湄。
续作六经岂必让，焉无房杜廊庙资。
吁嗟斯文敝已久，天生吾辈同扶持。
二子勉旃吾不惰，先生大用终有时。
当以斯文施天下，岂徒玩书心神疲。

【集评】吴之振等《宋诗钞》曰：今读其诗，嶙峋硉矹，挺立千寻，温厚之意，存于激直，得见风人之遗。

韩　维 字持国，雍丘人。官至门下侍郎。

答师厚夜归客舍见诒

幽居直欲学忘言，忍对贤豪遂默然。
谈到精微夜寥阒，秋风时下竹窗前。

【评】精微处，王、孟所未及。

酴醿

平生为爱此香浓，仰面常迎落架风。

每至春归有遗恨，典型犹在酒杯中。

【评】用蔡中郎事入妙。

【集评】吴之振等《宋诗钞》曰：维同时唱和者为圣俞、永叔。其深远不及圣俞，温润不及永叔，然古淡疏畅，故足为两家之鼓吹也。《酴醿》绝句，在集中不足数，而世盛称之。古今岂有定论哉！

邵　雍　字尧夫，河南人。嘉祐中补推官，谥康节。

安乐窝

半记不记梦觉后，似愁无愁情倦时。

拥衾侧卧未欲起，帘外落花撩乱飞。

【评】殆有刘晏食馎饦，美不可言之意。

【集评】邵伯温《邵氏闻见录》曰：司马温公爱此诗，请书纸帘上。

插 花 吟

头上花枝照酒卮,酒卮中有好花枝。
身经两世太平日,眼见四朝全盛时。
况复筋骸粗康健,那堪时节更芳菲。
酒涵花影红光满,争忍花前不醉归。

【评】欢娱能好,四美不足道矣。

句

闲为水竹云山主,静得风花雪月权。①

蔡 确 字持正,晋江人。官至左仆射,贬别驾。

夏日登车盖亭②

纸屏石枕竹方床,手倦抛书午梦长。
睡起莞然成独笑,数声渔笛在沧浪。

---

① 此联摘句未标诗题,据《四部丛刊》本《击壤集》,诗题为《小车吟》。
② 此组诗共十首,此为其三。

【集评】蒋一葵《尧山堂外记》曰：蔡確以弟硕赃败，谪守安州。夏日登车盖亭，作此十绝。时吴处厚知汉阳军，笺注以闻。其略云："……睡起莞然成独笑"，方今朝廷清明，不知確笑何事？……宣仁盛怒，令確分晰，终不自明，遂贬新州。

杜　　常　字正甫，卫州人。元丰中官至工部尚书。

题华清宫

东别家山十六程，晓来和月到华清。
朝元阁上西风急，都入长杨作雨声。

【评】直是唐音。

王　　令　字逢原，广陵人。

原　蝗

蝗生于—作"满"野谁所为？秋一母死遗百儿。
埋藏地下不腐骰，疑有鬼党相收—作"扶"持。

寒禽冬饥啄地食，拾掇谷种无余遗。

吻虽掠卵不加破，意似留与人为饥。

去年冬温腊雪少，土脉不冻无冰澌。

春气蒸炊出地面，戢戢密若在釜糜。

老农顽愚不识事，小不扑灭大莫追。

遂令相聚成气势，来若大水无垠涯。

蓬蒿满眼幸无用，尔纵嚼尽谁尔讥。

而何存留不咀嚼，反向禾黍加伤夷！

鸥鸦啄衔各取饱，充实肠腹如撑支。

儿童跳跃仰面笑，却爱其密嫌疏稀。

吾思万物造作始，一一尽可天理推。

四其行蹄翼不假，上既载—作"戴"角齿乃亏。

夫何此独出群类？既使跳跃仍令飞。

麒麟千载或—作"始"一见，仁足不忍踏草萎。

凤凰偶出即为瑞，亦曰竹食梧桐栖。

彼何甚少此何众，况又口腹害不訾。

遂令思虑不可及，万目仰面号天私。

天公被诬莫自辨，惨惨白日阴无辉。

而余昏狂不自度，欲尽物理穷毫丝。

要祛众惑运独见，中夜力为穷所思。

始知在人不在天，譬之蚤虱生裳衣，

扪搜拨捉要归尽，是岂人者尚好之！

然而身常不绝种，岂此垢旧招致斯？

鱼枯生虫肉腐蠹，理有常尔夫何疑！

谁为忧国太息者，应喜我有《原蝗》诗。

【评】大地生物,无理取闹者至夥。吾欲仿屈原《天问》,作《地问》一篇。逢原有此才,恨不起九原,使操笔赋之。

【集评】吴之振等《宋诗钞》曰:令诗学韩、孟而识度高远,非安石所及,不第以瑰奇也,惜限于年耳。

暑旱苦热

清风无力屠得热,落日着翅飞上山。
人固已惧江海竭,天岂不惜河汉干?
昆仑之高有积雪,蓬莱之远常遗寒。
不能手提天下往,何忍身去游其间。

【评】力求生硬,觉长吉犹未免侧艳。

【集评】刘克庄《后村诗话》曰:其骨气老苍,识度高远如此,岂得不为荆公所推!

春 游

春城儿女纵春游,醉倚层台笑上楼。
满眼落花多少意,若何无个解春愁!

【评】又能作尔语,能者固不可测。李易安词云:"清露晨流,新桐初引,多少游春意。"又云:"风住尘香花已尽,日晚倦梳头。"惜与逢原生不同时。

卷第二

王安石 字介甫,临川人,亦号半山。官至镇南节度使、同平章事,判江宁府,封荆国公。

元丰行示德逢

四山翛翛映赤日,田背坼如龟兆出。
湖阴先生坐草室,看踏沟车望秋实。
雷蟠电掣云滔滔,夜半载雨输亭皋。
旱禾秀发埋牛尻,豆死更苏肥荚毛。
倒持龙骨挂屋敖,买酒浇客追前劳。
三年五谷贱如水,今见西成复如此。
元丰圣人与天通,千秋万岁与此同。
先生在野故不穷,击壤至老歌元丰。

【评】音节极高抗。介甫入相未久,即逢大旱及彗星天变,本不足信者。然熙宁八年复相后,未几又去,判江宁府,直至元丰三年。介甫岂真颂扬元丰者? 若曰水旱无常,幸而得雨,从此千秋万岁,五风一雨矣。末句点出帝力何有意。

【集评】贺裳《载酒园诗话》曰:读临川诗,常令人寻绎于语言之外,当其绝诣,实自可兴可观,不惟于古人无愧而已。特推为宋诗中第一。其最妙者在乐府,五言古,七言律次之,七言古又次之;五言律稍厌安排,七言律又嫌气盛,然佳篇亦时在也。

后元丰行①

歌元丰,十日五日一雨风。

麦行千里不见土,连山没云皆种黍。

水秧绵绵复多稌,龙骨长干挂梁栿。

鲥鱼出网蔽洲渚,荻笋肥甘胜牛乳。

百钱可得酒斗许,虽非社日长闻歌。

吴儿蹋歌女起舞,但道快乐无所苦。

老翁堑水西南流,杨柳中间找小舟。

乘兴敧眠过白下,逢人欢笑得无愁。

【评】次首亦专言得雨事,不能忘情于因旱被攻击也。

纯甫出释惠崇画要予作诗

画史纷纷何足数,惠崇晚出吾最许。

旱云六月涨林莽,移我翛然堕洲渚。

黄芦低摧雪翳土,凫雁静立将俦侣。

往时所历今在眼,沙平水澹西江浦。

暮气沉舟暗鱼罟,欹眠呕轧如闻橹。

颇疑道人三昧力,异域山川能断取。

方诸承水调幻药,洒落生绡变寒暑。

① 诗题,《王文公文集》卷三十七作"歌元丰"。

金波巨然山数堵，粉墨空多真漫与。
大梁崔白亦善画，曾见桃花净初吐。
酒酣弄笔起春风，便恐飘零作红雨。
流莺探枝婉欲语，蜜蜂采蕊随翅股。
一时二子皆绝艺，裘马穿羸久羁旅。
华堂岂惜万黄金，苦道今人不如古。

【评】后半带出崔白，即少陵《丹青引》，为曹霸带出韩幹作法。

【集评】方东树曰：通篇用全力千锤百炼，无一字一笔懈，如挽百钧之弩，此可药世之粗才俗子。（《昭昧詹言》）

寄吴氏女子

伯姬不见我，乃今始七龄。
家书无虚月，岂异常归宁。
汝夫缀卿官，汝儿亦搢綎。
儿已受师学，出蓝而更青。
女复知女功，婉孊有典刑。
自吾舍汝东，中父继在廷，
小父数往来，吉音汝每聆。
既嫁遂愿怀，孰如汝所丁？
而吾与汝母，汤熨幸小停。
丘园禄一品，吏卒给使令。
膏粱以晚食，安步而车軿。

山泉皋壤间,适志多所经。
汝何思而忧? 书每说涕零。
吾庐所封殖,岁久愈华菁。
岂特茂松竹,梧楸亦冥冥。
芰荷美花实,涨漫争沟泾。
诸孙肯来游,谁谓川无舲?
姑示汝我诗,知嘉此林坰。
末有《拟寒山》,觉汝耳目荧。
因之授汝季,季也亦淑灵。

【评】此亦弃外后不得意之词。

【集评】吴之振等《宋诗钞》曰:安石遣情世外,其悲壮即寓闲澹之中。
独是议论过多,亦是一病尔。

明妃曲二首

明妃初出汉宫时,泪湿春风鬓脚垂。
低徊顾影无颜色,尚得君王不自持。
归来却怪丹青手,入眼平生几曾有。
意态由来画不成,当时枉杀毛延寿!
一去心知更不归,可怜着尽汉宫衣。
寄声欲问塞南事,只有年年鸿雁飞。
家人万里传消息,好在毡城莫相忆。
君不见咫尺长门闭阿娇,人生失意无南北。

【评】"低徊"二句,言汉帝之犹有眼力,胜于神宗。"意态"句,言人不易知。"可怜"句,用意忠厚。末言君恩之不可恃。

　　明妃初嫁与胡儿,毡车百两皆胡姬。
　　含情欲说独无处,传与琵琶心自知。
　　黄金捍拨春风手,弹看飞鸿劝胡酒。
　　汉宫侍女暗垂泪,沙上行人却回首。
　　汉恩自浅胡自深,人生乐在相知心。
　　可怜青冢已芜没,尚有哀弦留至今。

【评】"汉恩"二句,即与我善者为善人意。本普通公理,说得太露耳。二诗,荆公自己写照之最显者。

【集评】贺裳《载酒园诗话》评曰:王介甫《明妃曲》二篇,诗犹可观。然意在翻案,如"家人(至)南北"。其后篇益甚。故遭人弹射不已。

高步瀛《唐宋诗举要》曰:托意甚高,非徒以翻案为能。

书任村马铺

　　儿童系马黄河曲,近岸河流如可掬。
　　任村炊米朝食鱼,日暮荥阳驿中宿。
　　投老经过身独在,当时洲渚今平陆。
　　秋黍冥冥十数家,仰视荒蹊但乔木。
　　冰盘羹美客自知,起看白水还东驰。
　　尔来百口皆年少,归与何人共此悲。

【评】并无深意,音节独绝。

葛蕴作巫山高爱其飘逸因亦作一篇①

巫山高,偃薄江水之滔滔,

水于天下实至险,山亦起伏为波涛。

其巅冥冥不可见,崖岸斗绝悲猿猱。

赤枫青栎生满谷,山鬼白日樵人遭。

窈窕阳台彼神女,朝朝暮暮能云雨。

以云为衣月为褚,乘光服暗无留阻。

昆仑曾城道可取,方丈蓬莱多伴侣。

块独守此嗟何求? 况乃低徊梦中语。

【评】三、四两句,横绝一世,何减"嶔崎乎数州之间,灌注乎天下之半"邪! 是能以文为诗者。海于天地间,为物最巨,犹词费矣。"山鬼"于各诗辞中,三次见面,愈出愈奇矣。"乘光"七字,亦惊人语。

哭梅圣俞

诗行于世先《春秋》,《国风》变衰始《柏舟》。

文辞感激多所忧,律吕尚可谐鸣球。

先王泽竭士已偷,纷纷作者始可羞,其声与节急以浮。

真人当天施再流,笃生梅公应时求。

———————————

① 《临川先生文集》卷九题作《葛蕴作巫山高爱其飘逸因亦作两篇》,此其二。

颂歌文武功业优,经奇纬丽散九州。

众皆少锐老则不,翁独辛苦不能休。

惜无采者入名道,贵人怜公青两眸。

吹嘘可使高岑楼,坐令隐约不见收。

空能乞钱助馈馏,疑此有物司诸幽。

栖栖孔孟葬鲁邹,后始卓荦称轲丘。

圣贤与命相楯矛,势欲强达诚无由。

诗人况又多穷愁,李杜亦不为公侯。

公窥穷厄以身投,坎坷坐老当谁尤?

吁嗟岂即非善谋! 虎豹虽死皮终留。

飘然载丧下阴沟,粉书轴幅悬无旒。

高堂万里哀白头,东望使我商声讴。

【评】起二语探骊得珠,全题在握。入后不但词费,太觉外重内轻矣。

半山春晚即事

春风取花去,酬我以清阴。

翳翳陂路静,交交园屋深。

床敷每小息,杖屦或幽寻。

惟有北山鸟,经过遗好音。

【评】首十字从唐人"绿阴清润似花时"来。

【集评】方回《瀛奎律髓》曰:半山诗工密圆妥,不事奇险。惟此"春风取花去"之联,乃出奇也。余皆淡静有味。

高步瀛《唐宋诗举要》曰:寓感愤于冲夷之中,令人不觉,全由笔妙。

定　林①

漱甘凉病齿,坐旷息烦襟。

因脱水边屦,就敷岩上衾。

但留云对宿,仍值月相寻。

真乐非无寄,悲虫亦好音。

【评】颇有王右丞"松风吹解带,山月照弹琴"意境。

壬辰寒食

客思似杨柳,春风千万条。

更倾寒食泪,欲涨冶城潮。

巾发雪争出,镜颜朱早凋。

未知轩冕乐,但欲老渔樵。

【评】起十字无穷生清新,余衰飒太过。

【集评】许印芳曰:前半缒幽凿险而出,既有精思,又行以灏气,大有盛唐人风味。五、六句法变化,尾联平淡。(《瀛奎律髓汇评》)

高步瀛《唐宋诗举要》曰:风神跌宕,笔势清雄,荆公独擅。

---

① 《王文公文集》卷六十三题作《定林院三首》,此其三。

送程公闢得谢归姑苏①

东归行路叹贤哉,碧落新除宠上才。

白傅林塘传画去,吴王花鸟入诗来。

唱酬自有微之在,谈笑应容逸少陪。

少保元绛,谢事居姑苏。又,王中甫善歌词,与相唱酬燕集。

除此两翁相见外,不知三径为谁开。

思王逢原三首录一②

蓬蒿今日想纷披,冢上秋风又一吹。

妙质不为平世得,微言唯有故人知。

庐山南堕当书案,湓水东来入酒厄。

陈迹可怜随手尽,欲欢无复似当时。

【评】五、六写出逢原为闲气所钟。

【集评】查慎行曰:逢原一生知己惟荆公一人,亦竟赖以传。(《瀛奎律髓汇评》)

---

① 《王文公文集》卷五十七题作《送程公辟还姑苏》。
② 《王文公文集》卷六十九题作《思王逢原二首》,此其一。《临川先生文集》卷二十题作《思王逢原三首》,此其二。

寄阙下诸父兄兼示平甫兄弟

父兄为学众人知，小弟文章亦自奇。
家势到今宜有后，士才如此岂无时。
久闻阳羡溪山好，颇与渊明性分宜。
但愿一门皆贵仕，时将车马过茅茨。

【评】虽非由衷之言，而说来故自动听。

歌 元 丰

豚栅鸡埘晻霭间，暮林摇落献南山。
丰年处处人家好，随意飘然得往还。

【评】微有杨子幼"豆落为萁"意。

【集评】杨万里《诚斋诗话》曰：五七字绝句，最少而最难工，虽作者，亦难得四句全好者。晚唐人与介甫最工于此。然鲜有四句全好者。

曾季狸《艇斋诗话》曰：绝句之妙，唐则杜牧之，本朝则荆公，此二人而已。

谢 安 墩

我名公字偶相同，我屋公墩在眼中。
公去我来墩属我，不应墩姓尚随公。

山　陂

山陂院落今捋种,城郭楼台已放灯。
白发逢春唯有睡,睡闻啼鸟亦生憎。

北陂杏花^①

一陂春水绕花身,花影妖娆各占春。
纵被春风吹作雪,绝胜南陌碾成尘。

【评】末二语恰是自己身分。
【集评】许颉《彦周诗话》曰:荆公爱看水中影,此亦性所好。

北　山^②

北山输绿涨横陂,直堑回塘滟滟时。
细数落花因坐久,缓寻芳草得归迟。

【集评】叶梦得《石林诗话》曰:王荆公晚年诗律尤精严,造语用字,间不
容发。然意与言会,言随意遣,浑然天成,殆不见有牵率排比处。如"含风
鸭绿鳞鳞起,弄日鹅黄袅袅垂",读之初不觉有对偶。至"细数落花因坐久,

---

① 《王文公文集》卷七十六题作《水花》。
② 《王文公文集》卷七十七题作《蔷薇四首》,此其三。

缓寻芳草得归迟",但见舒闲容与之态耳。而字字细考之,若经櫽括权衡者,其用意亦深刻矣。

勘会贺兰溪主

贺兰溪,洛京地名。陈绎买地筑居,于邮中问之。

贺兰溪上几株松,南北东西有几峰。

买得住来今几日,寻常谁与坐从容?

【评】末二句竟开诚斋先路。

书湖阴先生壁

茅檐长扫净无苔,花木成畦手自栽。

一水护田将绿绕,两山排闼送青来。

【集评】叶梦得《石林诗话》曰:荆公诗用法甚严,尤精于对偶。尝云,用汉人语止可以汉人语对,若参以异代语,便不相类。如"一水护田将绿去,两山排闼送青来"之类,皆汉人语也。

示 公 佐

残生伤性老耽书，年少东来复起予。
各据槁梧同不寐，偶然闻雨落阶除。

金陵即事三首录二①

水际柴门一半开，小桥分路入青苔。
背人照影无穷柳，隔屋吹香并是梅。

【评】荆公绝句，多对语甚工者，似是作律诗未就，化成截句。
【集评】李壁《王荆文公诗笺注》曰：此诗吟讽不足，可入画图。

结绮临春歌舞地，荒蹊狭巷两三家。
东风漫漫吹桃李，非复当时仗外花。

乌 塘

乌塘渺渺绿平堤，堤上行人各有携。
试问春风何处好，辛夷如雪柘冈西。

_____

① 《王文公文集》卷六十四题作《金陵绝句四首》，此为其一、二；又卷七十五有《即事十五首》，此二首重出，为其十三、十四。

午　枕①

午枕花前簟欲流，日催红影上帘钩。
窥人鸟唤悠飏梦，隔水山供宛转愁。

钟山即事②

涧水无声绕竹流，竹西花草弄春柔。
茅檐相对坐终日，一鸟不鸣山更幽。

【集评】胡应麟《诗薮》曰：介甫五、七言绝，当代共推；特以工致胜耳，于唐自远。五言："南浦随花去，回舟路已迷。暗香无觅处，日落画桥西。"颇近六朝。至七言诸绝，宋调岔出，实苏、黄前导也。

送和甫至龙安微雨因寄吴氏女子

荒烟凉雨助人悲，泪染衣巾不自知。
除却春风沙际绿，一如看汝过江时。

【集评】释普闻《诗论》曰：拂去豪逸之气，屏荡老健之节，其意韵幽远，清癯雅丽为得也。

---

① 《王文公文集》卷七十六题作《独卧三首》，此其三。
② 《王文公文集》卷六十四题作《钟山绝句二首》，此其一。

夜　直

金炉香烬漏声残，翦翦轻风阵阵寒。
春色恼人眠不得，月移花影上栏干。

越人以幕养花因游其下

尚有残红已可悲，更忧回首只空枝。
莫嗟身世浑无事，睡过春风作恶时。

鄞县西亭①

收功无路去无田，窃食穷城度两年。
更作世间儿女态，乱栽花竹养风烟。

六言绝句二首②

柳叶鸣蜩绿暗，荷花落日红酣。
三十六陂春水，白头相见江南。

---

① 《王文公文集》卷六十七题作《起县舍西亭三首》，此其三。
② 《王文公文集》卷六十六、《临川先生文集》卷二十七题均作《题西太一宫壁二首》。

二十年前此地①，父兄持我东西。
今日重来白首，欲寻旧迹都迷。

【评】绝代销魂，荆公诗当以此二首压卷。东坡见之曰："此老，野狐精也。"遂和之。又句云："崇桃兮炫昼，积李兮缟夜。"写桃李得未曾有。余尝言荆公诗，有《世说》所称谢征西之妖冶，沈子培极以为然。荆公功名士，胸中未能免俗，然饶有山林气。相业不得意，或亦气机相感邪！

苏　轼　字子瞻，眉州眉山人。官至翰林学士，谥文忠。

往富阳新城李节推先行三日留风水洞见待

春山磔磔鸣春禽，此间不可无我吟。
路长漫漫傍江浦，此间不可无君语。
金鲫池边不见君，追君直过定山村。
路人皆言君未远，骑马少年清且婉。
风岩水穴旧闻名，只隔山溪夜不行。
溪桥晓溜浮梅萼，知君系马岩花落。
出城三日尚透迟，妻孥怪骂归何时。
世上小儿夸疾走，如君相待今安有？

① 二十年，他本作"三十年"。

【评】此种作法，最忌平衍，节节转韵，稍不直致。

【集评】赵翼《瓯北诗话》曰：坡诗不尚雄杰一派，其绝人处在乎议论英爽，笔锋精锐，举重若轻，读之似不甚用力而力已透十分，此天才也。

纪昀评《苏文忠公诗集》曰：磊磊落落，起法绝佳。一结索然。

新城道中二首

东风知我欲山行，吹断檐间积雨声。
岭上晴云披絮帽，树头初日挂铜钲。
野桃含笑竹篱短，溪柳自摇沙水清。
西崦人家应最乐，煮葵烧笋饷春耕。

【集评】方回《瀛奎律髓》曰：三、四乃是早行诗也。起句十四字妙。五、六亦佳，但三、四颇拙耳。

汪师韩《苏诗选评笺释》曰："絮帽"、"铜钲"未免着相矣。有"野桃"、"溪柳"一联，铸语神来，常人得之便足以名世。

身世悠悠我此行，溪边委辔听溪声。
散材畏见搜林斧，疲马思闻卷旆钲。
细雨足时茶户喜，乱山深处长官清。
人间歧路知多少，试向桑田问耦耕。

【评】第六句有微词。

【集评】王文濡《宋元诗评注读本》曰：前首写道中所见，后首则感伤身世，殊有言外意。

过江夜行武昌山闻黄州鼓角

清风弄水月衔山，幽人夜渡吴王岘。

黄州鼓角亦多情，送我南来不辞远。

江南又闻《出塞曲》，半杂江声作悲健。

谁言万方声一概，鼍愤龙愁为余变。

我记江边枯柳树，未死相逢真识面。

他年一叶溯江来，还吹此曲相迎饯。

【评】鼓角送行，未经人道过。

【集评】汪师韩《苏诗选评笺释》曰：已去之地，鼓角多情。新至之处，曲声悲健。妙是半杂江声，通彼我之怀，觉行役宵中，有声有色。

泛　颖

我性喜临水，得颖意甚奇。

到官十日来，九日河之湄。

吏民笑相语，使君老而痴。

使君实不痴，流水有令姿。

绕郡十余里，不驶亦不迟。

上流直而清，下流曲而漪。

画船俯明镜，笑问汝为谁？

忽然生鳞甲，乱我须与眉。

散为百东坡,顷刻复在兹。

此岂水薄相,与我相娱嬉。

声色与臭味,颠倒眩小儿。

等是儿戏物,水中少磷淄。

赵陈两欧阳,同参天人师。

观妙各有得,共赋泛颍诗。

【集评】查慎行《初白庵诗评》曰:游戏成篇,理趣具足,深于禅理,手敏
心灵。

慈湖峡阻风

我行都是退之诗,真有人家水半扉。

千顷桑麻在舡底,空余石发挂鱼衣。

【集评】汪师韩《苏诗选评笺释》曰:荒湾旅泊,却写得即事皆可喜。

澄迈驿通潮阁

余生欲老海南村,帝遣巫阳招我魂。

杳杳天低鹘没处,青山一发是中原。

【评】虞伯生题画诗云"青山一发是江南",全套此诗。

【集评】施补华《岘佣说诗》曰:气韵两到,语带沉雄,不可及也。

王维吴道子画

何处访吴画？普门与开元。

开元有东塔，摩诘留手痕。

吾观画品中，莫如二子尊。

道子实雄放，浩如海波翻。

当其下手风雨快，笔所未到气已吞。

亭亭双林间，彩晕扶桑暾。

中有至人谈寂灭，悟者悲涕迷者手自扪。

蛮君鬼伯千万万，相排竞进头如鼋。

摩诘本诗伯，佩芷袭芳荪。

今观此壁画，亦若其诗清且敦。

祇园弟子尽鹤骨，心如死灰不复温。

门前两丛竹，雪节贯霜根。

交柯乱叶动无数，一一皆可寻其源。

吴生虽妙绝，犹以画工论。

摩诘得之于象外，有如仙翮谢笼樊。

吾观二子皆神俊，又于维也敛衽无间言。

【评】大凡名大家古诗，每篇必有一二惊人名句，全篇方镇压得住。其鳞爪之而，亦不处处用全力也。

【集评】汪师韩《苏诗选评笺释》曰：以史迁合传论赞之体作诗，开合离奇，音节疏古。

方东树《昭昧詹言》曰：神品妙品，笔势奇纵；神变气变，浑脱浏亮。一气奔赴中,又顿挫沉郁。

真兴寺阁

山川与城郭,漠漠同一形。
市人与鸦鹊,浩浩同一声。
此阁几何高? 何人之所营?
侧身送落日,引手攀飞星。
当年王中令,斫木南山赪。
写真留阁下,铁面眼有棱。
身强八九尺,与阁两峥嵘。
古人虽暴恣,作事令世惊。
登者尚呀喘,作者何以胜?
曷不观此阁? 其人勇且英。

【评】此坡公五古之以健胜者。

【集评】汪师韩《苏诗选评笺释》曰:苍苍莽莽,意到笔随。中间"侧身送落
日,引手攀飞星"十字,奇警夺目,可与老杜"七星在北户,河汉声西流"相匹敌。

石苍舒醉墨堂

人生识字忧患始,姓名粗记可以休。
何用草书夸神速,开卷惝恍令人愁。
我尝好之每自笑,君有此病何年瘳。

自言其中有至乐，适意无异逍遥游。
近者作堂名醉墨，如饮美酒销百忧。
乃知柳子语不妄，病嗜土炭如珍羞。
君于此艺亦云至，堆墙败笔如山丘。
兴来一挥百纸尽，骏马倏忽踏九州。
我书意造本无法，点画信手烦推求。
胡为议论独见假，只字片纸皆藏收。
不减钟张君自足，下方罗赵我亦优。
不须临池更苦学，完取绢素充衾裯。

【集评】楼钥《跋施武子所藏诸帖》曰：公自言："我书意造本无法，点画信手烦推求。"然豪逸迈往如此者不多见。每每言酒气从十指间出，而饮酒正自不多，岂所谓醉中醒者耶？

傅尧俞济源草堂

微官共有田园兴，老罢方寻隐退庐。
栽种成阴十年事，仓皇求买万金无。
先生卜筑临清济，乔木如今似画图。
邻里亦知偏爱竹，春来相与护龙雏。

【集评】查慎行《初白庵诗评》曰：直到第五、六，方说明诗旨，章法奇绝。

越州张中舍寿乐堂

青山偃蹇如高人，常时不肯入官府。
高人自与山有素，不待招邀满庭户。
卧龙蟠屈半东州，万室鳞鳞枕其股。
背之不见与无同，狐裘反衣无乃鲁。
张君眼力觑天奥，能遣荆榛化堂宇。
持颐宴坐不出门，收揽奇秀得十五。
才多事少厌闲寂，卧看云烟变风雨。
笋如玉箸榟如簪，强饮且为山作主。
不忧儿辈知此乐，但恐造物怪多取。
春浓睡足午窗明，想见新茶如泼乳。

【评】公七古多似昌黎，而收处常不逮。

【集评】查慎行《初白庵诗评》曰：入手奇崛，一转合题。

和鲜于子骏郓州新堂月夜二首

去岁游新堂，春风雪消后。
池中半篙水，池上千尺柳。
佳人如桃李，胡蝶入衫袖。
山川今何许，疆界已分宿。
岁月不可思，驶若舡放溜。

繁华真一梦，寂寞两荣朽。
惟有当时月，依然照杯酒。
应怜船上人，坐稳不知漏。

明月入华池，反照池上堂。
堂上隐几人，心与水月凉。
风萤已无迹，露草时有光。
起观河汉流，步屦响长廊。
名都信繁会，千指调丝簧。
先生病不饮，童子为烧香。
独作五字诗，清绝如韦郎。
诗成月渐侧，皎皎两相望。

【评】短篇五古，非坡公所长，清脆而已。

【集评】汪师韩《苏诗选评笺释》曰：新堂之胜在池，故两首皆以池为言。前言春雪之消，后言秋月之入，而以"惟有当时月"二句为两首通脉络。池月返照之景，一经点出，无限光明。

南堂五首

江上西山半隐堤，此邦台观一时西。
南堂独有西南向，卧看千帆落浅溪。

暮年眼力嗟犹在，多病颠毛却未华。

故作明窗书小字,更开幽室养丹砂。

他时雨夜困移床,坐厌愁声点客肠。
一听南堂新瓦响,似闻东坞小荷香。

山家为割千房蜜,稚子新畦五亩蔬。
更有南堂堪著客,不忧门外故人车。

扫地烧香闭阁眠,簟纹如水帐如烟。
客来梦觉知何处,挂起西窗浪接天。

【集评】王士禛《带经堂诗话》曰:可追踪唐贤。
汪师韩《苏诗选评笺释》曰:境在耳目前,味出酸咸外。

游金山寺

我家江水初发源,宦游直送江入海。
闻道潮头一丈高,天寒尚有沙痕在。
中泠南畔石盘陀,古来出没随涛波。
试登绝顶望乡国,江南江北青山多。
羁愁畏晚寻归楫,山僧苦留看落日。
微风万顷靴纹细,断霞半空鱼尾赤。
是时江月初生魄,二更月落天深黑。
江心似有炬火明,飞焰照山栖鸟惊。

怅然归卧心莫识,非鬼非人竟何物。
江山如此不归山,江神见怪惊我顽。
我谢江神岂得已,有田不归如江水。

【评】一起高屋建瓴,为蜀人独足夸口处。通篇遂全就望乡归山落
想,可作《庄子·秋水篇》读。

【集评】汪师韩《苏诗选评笺释》曰:一往作缥缈之音,觉自来赋金山者,
极意着题,正无从得此远韵。

纪昀批点《苏文忠公诗集》曰:首尾谨严,笔笔矫健,节短而波澜甚阔。

雨中游天竺灵感观音院

蚕欲老,麦半黄,前山后山雨浪浪。
农夫辍耒女废筐,白衣仙人在高堂。

【集评】汪师韩《苏诗选评笺释》曰:如古谣谚,精悍遒古,刺当事不恤
民也。

与毛令方尉游西菩提寺二首

推挤不去已三年,鱼鸟依然笑我顽。
人未放归江北路,天教看尽浙西山。
尚书清节衣冠后,处士风流水石间。
一笑相逢那易得,数诗狂语不须删。

【集评】清高宗《御选唐宋诗醇》曰：首作不露刻斲经营之迹，自成高唱。五、六用毛玠、方干，贴二人姓。此本古法，少陵集中多有之。

路转山腰足未移，水清石瘦便能奇。
白云自占东西岭，明月谁分上下池。
黑黍黄粱初熟后，朱柑绿橘半甜时。
人生此乐须天赋，莫遣儿曹取次知。

【评】三、四摹仿乐天。

【集评】王文濡《宋元明清诗读本》曰：于一气奔放之中，仍复细腻熨帖。子瞻诗纪律谨严，于此可见。

少年时尝过一村院见壁上有诗云夜凉疑有雨院静似无僧不知何人作也宿黄州禅智寺寺僧皆不在夜半雨作偶记此诗故作一绝

佛灯渐暗饥鼠出，山雨忽来修竹鸣。
知是何人旧诗句？已应知我此时情。

【集评】汪师韩《苏诗选评笺释》曰：境真则情味自深，欷歔欲绝。

雪后到乾明寺遂宿

门外山光马亦惊，阶前屐齿我先行。

风花误入长春苑,云月长临不夜城。

未许牛羊伤至洁,且看鸦鹊弄新晴。

更须携被留僧榻,待听摧檐泻竹声。

【评】写山光,真写得出。

【集评】纪昀批点《苏文忠公诗集》曰:三、四俗格。五句拙。

泗州僧伽塔

我昔南行舟系汴,逆风三日沙吹面。

舟人共劝祷灵塔,香火未收旗脚转。

回头顷刻失长桥,却到龟山未朝饭。

至人无心何厚薄,我自怀私欣所便。

耕田欲雨刈欲晴,去得顺风来者怨。

若使人人祷辄遂,造物应须日千变。

我今身世两悠悠,去无所逐来无恋。

得行固愿留不恶,每到有求神亦倦。

退之旧云三百尺,澄观所营今已换。

不嫌俗士污丹梯,一看云山绕淮甸。

【评】中数句从樵风泾翻出,遂成名言。

【集评】纪昀批点《苏文忠公诗集》曰:层层波澜一齐卷进,只就塔作结,简便之至。

汪师韩《苏诗选评笺释》曰:至理奇文,只是眼前景物口头语。透辟无碍,是广长舌。

寒食雨二首

自我来黄州,已过三寒食。
年年欲惜春,春去不容惜。
今年又苦雨,两月秋萧瑟。
卧闻海棠花,泥污胭脂雪。
暗中偷负去,夜半真有力。
何殊病少年,病起头已白。

春江欲入户,雨势来不已。
小屋如渔舟,濛濛水云里。
空庖煮寒菜,破灶烧湿苇。
那知是寒食,但见乌衔纸。
君门深九重,坟墓在万里。
也拟哭涂穷,死灰吹不起。

【评】与《郭州新堂二首》皆次首胜。

【集评】汪师韩《苏诗选评笺释》曰:二诗后作尤精绝。结四句固是长歌之悲。起四句乃先极荒凉之境,移村落小景以作官舍,情况大可想矣。

贺裳《载酒园诗话》曰:黄州诗尤多不羁,"小屋如渔舟,濛濛水云里"一篇,最为沉痛。

守 岁

欲知垂尽岁,有似赴壑蛇。

修鳞半已没，去意谁能遮？
况欲系其尾，虽勤知奈何。
儿童强不睡，相守夜喧哗。
晨鸡且勿唱，更鼓畏添挝。
坐久灯烬落，起看北斗斜。
明年岂无年？心事恐蹉跎。
努力尽今夕，少年犹可夸。

【集评】汪师韩《苏诗选评笺释》曰：前六句比，中六句赋，结句"犹可夸"者非幸词，正以见去日之苦多，而盛年之不再也。

纪昀批点《苏文忠公诗集》曰：用古韵。"坐久"十字真景。

除夜野宿常州城外二首

行歌野哭两堪悲，远火低星渐向微。
病眼不眠非守岁，乡音无伴苦思归。
重衾脚冷知霜重，新沐头轻感发稀。
多谢残灯不嫌客，孤舟一夜许相依。

【集评】清高宗《御选唐宋诗醇》曰：令节羁情，孤灯遥夜，所感怆者深，而以温柔敦厚出之，依依脉脉，味似淡而弥长。

纪昀批点《苏文忠公诗集》曰：三、四是道地宋格，在东坡不妨，一学之便入恶趣。五、六沉著。

南来三见岁云徂，直恐终身走道涂。

老去怕看新历日,退归拟学旧桃符。

烟花已作青春意,霜雪偏寻病客须。

但把穷愁博长健,不辞最后饮屠酥。

金山梦中作

江东贾客木绵裘,会散金山月满楼。

夜半潮来风又熟,卧吹箫筦到扬州。

【评】公与蔡忠惠、欧阳文忠,皆有《梦中作》,诗境皆奇。

【集评】纪昀批点《苏文忠公诗集》曰:此有感而托之梦作耳。一气浑成,自然神到。

九月二十日微雪怀子由弟二首录一

岐阳九月天微雪,已作萧条岁暮心。

短日送寒砧杵急,冷官无事屋庐深。

愁肠别后能消酒,白发秋来已上簪。

近买貂裘堪出塞,忽思乘传问西琛。

【集评】纪昀批点《苏文忠公诗集》曰:居下僚而不得志,愤激而为立功边外之思,郁郁时实有此想。骤看若不相属也。

暴雨初晴楼上晚景

洛邑从来天地中,嵩高苍翠北邙红。
风流耆旧消磨尽,只有青山对病翁。

【评】是能字向纸上皆轩昂者。

【集评】蔡正孙《诗林广记》曰:愚谓此诗,读之令人兴感慨之怀。

有美堂暴雨

游人脚底一声雷,满座顽云拨不开。
天外黑风吹海立,浙东飞雨过江来。
十分潋滟金樽凸,千杖敲铿羯鼓催。
唤起谪仙泉洒面,倒倾蛟室泻琼瑰。

【评】三句尚是用杜陵语,四句的是自家语。

【集评】查慎行《初白庵诗评》曰:通首多是摹写暴雨,章法亦奇。

纪昀批点《苏文忠公诗集》曰:此首为诗话所盛推,然犹气太重。

雪后书北台壁二首

黄昏犹作雨纤纤,夜静无风势转严。
但觉衾裯如泼水,不知庭院已堆盐。

五更晓色来书幌，半夜寒声落画檐。
试扫北台看马耳，未随埋没有双尖。

城头初日始翻鸦，陌上晴泥已没车。
冻合玉楼寒起粟，光摇银海眩生花。
遗蝗入地应千尺，宿麦连云有几家。
老病自嗟诗力退，空吟《冰柱》忆刘叉。

【集评】方回《瀛奎律髓》曰："马耳"，山名，与"台"相对。坡知密州时作，年三十九岁。偶然用韵甚险，而再和尤佳。或谓坡诗律不及古人，然才高气雄，下笔前无古人也。观此雪诗，亦冠绝古今矣。

沈德潜《说诗晬语》曰：东坡"尖"、"叉"韵诗，偶然游戏，学之恐入于魔。

聚星堂雪 并序

元祐六年十一月一日，祷雨张龙公，得小雪，与客会饮聚星堂。忽忆欧阳文忠公作守时，雪中约客赋诗，禁体物语，于艰难中特出奇丽。尔来四十余年，莫有继者。仆以老门生继公后，虽不足追配先生，而宾客之美，殆不减当时，公之二子又适在郡，故辄举前令，各赋一篇。

窗前暗响鸣枯叶，龙公试手初行雪。
映空先集疑有无，作态斜飞正愁绝。
众宾起舞风竹乱，老守先醉霜松折。
恨无翠袖点横斜，只有微灯照明灭。
归来尚喜更鼓永，晨起不待铃索掣。

未嫌长夜作衣棱,却怕初阳生眼缬。
欲浮大白追余赏,幸有回飙惊落屑。
模糊桧顶独多时,历乱瓦沟裁一瞥。
汝南先贤有故事,醉翁诗话谁续说。
当时号令君听取,白战不许持寸铁。

【评】画龙最后点睛,结不落套。

【集评】汪师韩《苏诗选评笺释》曰:赋雪者多以悠扬飘荡取其韵致,此独用生剿之笔,作硬盘之语,誓脱常态,匪徒以禁体物语标其洁清。

纪昀批点《苏文忠公诗集》曰:句句恰是小雪,体物神妙,不愧名篇。

江上值雪效欧阳体限不以盐玉鹤鹭絮蝶飞舞之类为比仍不使皓白洁素等字次子由韵

缩颈夜眠如冻龟,雪来唯有客先知。
江边晓起浩无际,树杪风多寒更吹。
青山有似少年子,一夕变尽沧浪髭。
方知阳气在流水,沙上盈尺江无澌。
随风颠倒纷不择,下满坑谷高陵危。
江空野阔落不见,入户但觉轻丝丝。
沾裳细看巧刻镂,岂有一一天工为?
霍然一麾遍九野,吁此权柄谁执持?
世间苦乐知有几,今我幸免沾肤肌。
山夫只见压樵檐,岂知带酒飘歌儿。

94

天王临轩喜有麦，宰相献寿嘉及时。

冻吟书生笔欲折，夜织贫女寒无帷。

高人着屐踏冷冽，飘拂巾帽真仙姿。

野僧斫路出门去，寒液满鼻清淋漓。

洒袍入袖湿靴底，亦有执板趋阶墀。

舟中行客何所爱，愿得猎骑当风披。

草中咻咻有寒兔，孤隼下击千夫驰。

敲冰煮鹿最可乐，我虽不饮强倒卮。

楚人自古好弋猎，谁能往者我欲随。

纷纭旋转从满面，马上操笔为赋之。

【评】二雪诗结束皆能避熟。

【集评】朱翌《猗觉寮杂记》曰：东坡《雪》诗云："青山有似少年子，一夕变尽沧浪髭。"盖用皮日休《元鲁山》诗云"世无用贤人，青山生白髭"意也。

汪师韩《苏诗选评笺释》曰：岩壑高卑，人物错杂，大处浩渺，细处纤微，无所不尽，可敌一幅王维《江干初雪图》。

大风留金山两日

塔上一铃独自语，明日颠风当断渡。

朝来白浪打苍崖，倒射轩窗作飞雨。

龙骧万斛不敢过，渔艇一叶从掀舞。

细思城市有底忙，却笑蛟龙为谁怒？

无事久留童仆怪，有风聊得妻孥许。

灊山道人独何事，半夜不眠听粥鼓。

【评】一起突兀，似有佛图澄在坐；收无聊。

【集评】清高宗《御选唐宋诗醇》曰："明日颠风当断渡"七字，即铃语也，奇思得自天外。轩窗飞雨，写风浪之景，真能状丹青所莫能状。末忽念及灊山道人不眠而听粥鼓，想其濡墨挥毫，真有御风蓬莱，泛波无垠之妙。

题西林壁

横看成岭侧成峰，远近高低无一同。

不识庐山真面目，只缘身在此山中。

【评】此诗有新思想，似未经人道过。

【集评】黄庭坚曰：此老于般若横说竖说，了无剩语，非其笔端有舌，亦安能吐此不传之妙。（《苕溪渔隐丛话》）

百步洪二首 并序 录一

王定国访予于彭城，一日棹小舟，与颜长道携盼、英、卿三子游泗水，北上圣女山，南下百步洪，吹笛饮酒，乘月而归。余时以事不往，夜著羽衣，伫立于黄楼上，相视而笑，以谓李太白死，世无此乐，三百余年矣。定国已去，逾月，余复与钱塘参寥师，放舟洪下。追怀曩游，已为陈迹，喟然而叹，故作二诗，一以遗参寥，一以寄定国，且示颜长道、舒尧文，请同赋云。

长洪斗落生跳波，轻舟南下如投梭。

水师绝叫凫雁起，乱石一线争磋磨。

有如兔走鹰隼落，骏马下注千丈坡。

断弦离柱箭脱手，飞电过隙珠翻荷。

四山眩转风掠耳，但见流沫生千涡。

崄中得乐虽一快，何异水伯夸秋河。

我生乘化日夜逝，坐觉一念逾新罗。

纷纷争夺醉梦里，岂信荆棘埋铜驼。

觉来俯仰失千劫，回视此水殊委佗。

君看岸边苍石上，古来篙眼如蜂窠。

但应此心无所住，造物虽驶如吾何！

回船上马各归去，多言哓哓师所呵。

【评】坡公喜以禅语作达，数见无味。此诗就眼前篙眼指点出，真非钝根人所及矣。"兔走"四句，从六如来，从韩文"烛照"、"龟卜"来，此遗山所谓"百态妍"也。

【集评】汪师韩《苏诗选评笺释》曰：用譬喻入文，是轼所长。此篇摹写急浪轻舟，奇势迭出，笔力破余地，亦真是险中得乐也。后幅养其气以安舒，犹时见警策，收煞得住。

纪昀批点《苏文忠公诗集》曰：语皆奇逸，亦有滩起涡旋之势。

夜泛西湖[①]

菰蒲无边水茫茫，荷花夜开风露香。

渐见灯明出远寺，更待月黑看湖光。

---

① 题，一本作《夜泛西湖五绝》，此其四。

【评】末句未有人说过。

【集评】汪师韩《苏诗选评笺释》曰：五绝蝉联而下,体制从《三百篇》出,清苍突兀。三四两作写景之妙,尤为脱尽恒蹊。

轼在颍州与赵德麟同治西湖未成改扬州三月十六日湖成德麟有诗见怀次韵

太山秋毫两无穷,巨细本出相形中。
大千起灭一尘里,未觉杭颍谁雌雄。
我在钱唐拓湖渌,大堤士女争昌丰。
六桥横绝天汉上,北山始与南屏通。
忽惊三十五万丈,老葑席卷苍云空。
葛来颍尾弄秋色,一水萦带昭灵宫。
坐思吴越不可到,借君月斧修瞳胧。
二十四桥亦何有,换此十顷玻璨风。
雷塘水干禾黍满,宝钗耕出余鸾龙。
明年诗客来吊古,伴我霜夜号秋虫。

【评】二湖本有优劣,聊作平等观而已。

【集评】曾国藩《读书录》曰:前四句辨杭、颍之雌雄。"我在"六句,叙在杭修堤。"葛来"四句,叙在颍治湖。末六句,叙见官扬州。

舟中夜起

微风萧萧吹菰蒲,开门看雨月满湖。

舟人水鸟两同梦，大鱼惊窜如奔狐。

夜深人物不相管，我独形影相嬉娱。

暗潮生渚吊寒蚓，落月挂柳看悬蛛。

此生忽忽忧患里，清境过眼能须臾。

鸡鸣钟动百鸟散，船头击鼓还相呼。

【评】水宿风景如画。

【集评】查慎行《初白庵诗评》曰：极奇极幻、极远极近境界，俱从静中写出。

汪师韩《苏诗选评笺释》曰：一片空明，通神入悟，情怪所至，妙不自寻。

六月二十七日望湖楼醉书五绝录二

放生鱼鳖逐人来，无主荷花到处开。

水枕能令山俯仰，风船解与月徘徊。

未成小隐聊中隐，可得长闲胜暂闲。

我本无家更安往，故乡无此好湖山。

【集评】施补华《岘佣说诗》曰：东坡七绝亦可爱，然趣多致多，而神韵却少。"水枕能令山俯仰，风船解与月徘徊"，致也。

纪昀批点《苏文忠公诗集》曰：五首皆不失风调。

望海楼晚景五绝录一

青山断处塔层层，隔岸人家唤欲应。

江上秋风晚来急,为传钟鼓到西兴。

九日黄楼作

去年重阳不可说,南城夜半千沤发。
水穿城下作雷鸣,泥满城头飞雨滑。
黄花白酒无人问,日暮归来洗靴袜。
岂知还复有今年,把盏对花容一呷。
莫嫌酒薄红粉陋,终胜泥中千柄锸。
黄楼新成壁未干,青荷已落霜初杀。
朝来白雾细如雨,南山不见千寻刹。
楼前便作海茫茫,楼下空闻橹鸦轧。
薄寒中人老可畏,热酒浇肠气先压。
烟销日出见渔村,远水鳞鳞山齾齾。
诗人猛士杂龙虎,楚舞吴歌乱鹅鸭。
一杯相属君勿辞,此境何殊泛清霅。

【评】以"鹅鸭"对"龙虎",所谓嘻笑成文章也。

【集评】清高宗《御选唐宋诗醇》曰:去年今年,雨夕晴朝,各写得淋漓尽致,驱涛涌云,复出千古。

纪昀批点《苏文忠公诗集》曰:笔笔作龙跳虎卧之势。

孙莘老求墨妙亭诗

《兰亭》茧纸入昭陵,世间遗迹犹龙腾。

颜公变法出新意,细筋入骨如秋鹰。

徐家父子亦秀绝,字外出力中藏棱。

峄山传刻典刑在,千载笔法留阳冰。

杜陵评书贵瘦硬,此论未公吾不凭。

短长肥瘦各有态,玉环飞燕谁敢憎。

吴兴太守真好古,购买断缺挥缣缯。

龟趺入坐螭隐壁,空斋昼静闻登登。

奇踪散出走吴越,胜事传说夸友朋。

书来乞诗要自写,为把栗尾书溪藤。

后来视今犹视昔,过眼百世如风灯。

他年刘郎忆贺监,还道同时须服膺。

【评】此首仅有一二名句。

【集评】汪师韩《苏诗选评笺释》曰:此诗就亭中所列李、颜、二徐诸刻加之评论,轼之书其源出于颜、徐。诗中"细筋入骨如秋鹰"及"字外出力中藏棱"二句,非惟道古,乃其自道,盖"直以金针度与人"矣。

待 月 台①

月与高人本有期,挂檐低户映蛾眉。

只从昨夜十分满,渐觉冰轮出海迟。

【集评】纪昀批点《苏文忠公诗集》曰:写"待"字好,惟嫌不似寄题耳。

---

① 此为《和文与可洋川园池三十首》之十。

溪 光 亭①

决去湖波尚有情,却随初日动檐楹。

溪光自古无人画,凭仗新诗与写成。

【集评】纪昀批点《苏文忠公诗集》曰:本色语,却极清楚。

箟 筜 谷②

汉川修竹贱如蓬,斤斧何曾赦箨龙。

料得清贫馋太守,渭川千亩在胸中。

【评】坡诗名句,多可作典故用,此类殆不胜数。

【集评】赵克宜《角川楼苏诗评注汇钞》:字句太笨,有伤风雅。

寒 芦 港③

溶溶晴港漾春晖,芦笋生时柳絮飞。

还有江南风物否?桃花流水鲙鱼肥。

---

① 此为《和文与可洋川园池三十首》之十八。
② 此为《和文与可洋川园池三十首》之二十四。
③ 此为《和文与可洋川园池三十首》之二十五。

【集评】陈善《扪虱新话》曰：桃花、肥鳖，似此景致，亦岂北人所有？

南 园①

不种夭桃与绿杨，使君应欲作农桑。
春畦雨过罗纨腻，麦陇风来饼饵香。

【评】后二句，即"长江绕郭"一联作法。

【集评】纪昀批点《苏文忠公诗集》曰：此诗乃劝农体也，暗切太守。

东栏梨花②

梨花淡白柳深青，柳絮飞时花满城。
惆怅东栏一株雪，人生看得几清明？

【集评】清高宗《御选唐宋诗醇》曰：浓至之情，偶于所见发露。绝句中几与刘梦得争衡。

司马君实独乐园

青山在屋上，流水在屋下。

---

① 此为《和文与可洋川园池三十首》之二十九。
② 此为《和孔密州五绝》之三。

中有五亩园，花竹秀而野。

花香袭杖屦，竹色侵盏斚。

樽酒乐余春，棋局消长夏。

洛阳古多士，风俗犹尔雅。

先生卧不出，冠盖倾洛社。

虽云与众乐，中有独乐者。

才全德不形，所贵知我寡。

先生独何事，四海望陶冶。

儿童诵君实，走卒知司马。

持此欲安归，造物不我舍。

名声逐吾辈，此病天所赭。

抚掌笑先生，年来效喑哑。

【评】东坡五、七古，遇端庄题目，不能用禅语诙谐语者，则以对偶排纂出之。

【集评】赵克宜《角山楼苏诗评注汇钞》曰：颇似香山语，虽平易，不伤浅率。

王文濡《宋元明诗评注读本》曰：写独乐园，寓有殷殷劝驾意，自与泛咏风景者有别。

饮湖上初晴后雨

水光潋滟晴方好，山色空濛雨亦奇。

欲把西湖比西子，淡妆浓抹总相宜。

【评】后二句遂成为西湖定评。

【集评】袁文《瓮牖闲评》曰：虽与妇人不相涉，而比拟恰好，且其言妙丽新奇，使人赏玩不已，非善戏谑者能若是乎？

月夜与客饮酒杏花下

杏花飞帘散余春，明月入户寻幽人。
褰衣步月踏花影，炯如流水涵青蘋。
花间置酒清香发，争挽长条落香雪。
山城薄酒不堪饮，劝君且吸杯中月。
洞箫声断月明中，惟忧月落酒杯空。
明朝卷地春风恶，但见绿叶栖残红。

【集评】赵次公曰：此篇不使事，语亦新造，古所未有，殆涪翁所谓不食烟火食人之语也。（王十朋《百家注分类东坡先生诗》）

纪昀批点《苏文忠公诗集》曰：有太白之意。三、四写景入微。结乃劝今日之饮，非伤春意也。

书丹元子所示李太白真

天人几何同一沤，谪仙非谪乃其游。
麾斥八极隘九州，化为两鸟鸣相酬，
一鸣一止三千秋。
开元有道为少留，縻之不可矧肯求。

西望太白横峨岷，眼高四海空无人。

大儿汾阳中令君，小儿天台坐忘身。

生平不识高将军，手污吾足乃敢嗔。

作诗一笑君应闻。

【评】末以嘻笑为怒骂，语妙。

【集评】贺裳《载酒园诗话》曰：文人有一言使人升九天、堕九渊者，此类是也。亦公自写其傲岸之趣，却令太白生面重开。

汪师韩《苏诗选评笺释》曰：笔歌墨舞，实有手弄白日、顶摩青穹之气概，足为白写照矣。

於潜僧绿筠轩

可使食无肉，不可使居无竹。

无肉令人瘦，无竹令人俗。

人瘦尚可肥，俗士不可医。

旁人笑此言，似高还似痴。

若对此君仍大嚼，世间那有扬州鹤。

【评】此诗从《史记·滑稽传》化出。

【集评】杨万里《题唐德明秀才玉立斋》：坡云无竹令人俗，我云俗人正累竹。

赵克宜《角山楼苏诗评注汇钞附录》曰：此不成诗，而流传众人之口，须知其以语句浅俗便于援引而传，非以诗之工而传也。

陌上花三首_{并引 录一}

　　游九仙山,闻里中儿歌《陌上花》。吴越王妃,每岁春必归临安,王以书遗妃曰:"陌上花开,可缓缓归矣。"吴人用其语为歌,含思宛转,听之凄然,而其词鄙野,为易之云。

　　　　陌上花开胡蝶飞,江山犹是昔人非。
　　　　遗民几度垂垂老,游女长歌缓缓归。

【集评】纪昀批点《苏文忠公诗集》曰:真有含思宛转之意。

海　棠

　　　　东方袅袅泛崇光,香雾霏霏月转廊。
　　　　只恐夜深花睡去,高烧银烛照红妆。

【集评】查慎行《初白庵诗评》曰:此诗极为俗口所赏,然非先生老境。

赠孙莘老

　　　　嗟予与子久离群,耳冷心灰百不闻。
　　　　若对青山谈世事,当须举白便浮君。

【集评】朋九万《乌台诗案》曰:轼是时约孙觉并坐客:"如有言及时事者,罚一大盏。"虽不指时事是非,轼意言时事多不便,更不可说,说亦不尽。

辛丑十一月十九日既与子由别于郑州
西门之外马上赋诗一篇寄之

不饮胡为醉兀兀,此心已逐归鞍发。

归人犹自念庭闱,今我何以慰寂寞。

登高回首坡陇隔,惟见乌帽出复没。

苦寒念尔衣裘薄,独骑瘦马踏残月。

路人行歌居人乐,僮仆怪我苦凄恻。

亦知人生要有别,但恐岁月去飘忽。

寒灯相对记畴昔,夜雨何时听萧瑟。

君知此意不可忘,慎勿苦爱高官职!

【评】可当"陟岵""陟冈"诗读。

【集评】汪师韩《苏诗选评笺释》曰:起句突兀有意味。前叙既别之深情,后忆昔年之旧约。"亦知人生要有别",转进一层,曲折遒宕。轼是时年甫二十六,而诗格老成如是。

和子由渑池怀旧

人生到处知何似?应似飞鸿踏雪泥。

泥上偶然留指爪,鸿飞那复计东西。

老僧已死成新塔，坏壁无由见旧题。

往日崎岖还记否？路长人困蹇驴嘶。

【集评】纪昀批点《苏文忠公诗集》曰：前四句单行入律，唐人旧格；而意境恣逸，则东坡本色。

捕蝗至浮云岭山行疲苦有
怀子由弟二首录一

霜风渐欲作重阳，熠熠溪边野菊黄。

久废山行疲荦确，尚能村醉舞淋浪。

独眠床上梦魂好，回首人间忧患长。

杀马毁车从此逝，子来何处问行藏。

【集评】蒋鸿翮《寒塘诗话》曰：要皆性情之言，从肺腑流出，故读之令人生感。

子由将赴南都与余会宿于逍遥堂作两绝句
读之殆不可为怀因和其诗以自解余观
子由自少旷达天资近道又得至人养生
长年之诀而余亦窃闻其一二以为今者宦游
相别之日浅而异时退休相从之日长既以
自解且以慰子由录一

别期渐近不堪闻，风雨萧萧已断魂。

犹胜相逢不相识,形容变尽语音存。

【集评】清高宗《御选唐宋诗醇》曰:二诗惟语语解慰,乃益见别恨之深,低回欲绝。

六年正月二十日复出东门仍用前韵

乱山环合水侵门,身在淮南尽处村。
五亩渐成终老计,九重新扫旧巢痕。
岂惟见惯沙鸥熟,已觉来多钓石温。
长与东风约今日,暗香先返玉梅魂。

【评】读五、六两句,觉《旄丘》之"何多日也"、"何其久也",殊少含蓄矣。

【集评】陆游《施司谏注东坡诗序》曰:昔祖宗以三馆养士,储将相才。及官制行,罢三馆。而东坡盖尝直史馆,然自谪为散官,削去史馆之职久矣。至是史馆亦废,故云:"新扫旧巢痕。"其用事之严如此。而"凤巢西隔九重门",则又李义山诗也。

西太一见王荆公旧诗偶次其韵

但有樽中若下,何须墓上征西。
闻道乌衣巷口,而今烟草萋迷。

【评】荆公居金陵,是时已卒,故云。

【集评】纪昀批点《苏文忠公诗集》曰:六言难得如此流利。

腊日游孤山访惠勤惠思二僧

天欲雪,云满湖,楼台明灭山有无。

水清出石鱼可数,林深无人鸟相呼。

腊日不归对妻孥,名寻道人实自娱。

道人之居在何许,宝云山前路盘纡。

孤山孤绝谁肯卢? 道人有道山不孤。

纸窗竹屋深自暖,拥褐坐睡依团蒲。

天寒路远愁仆夫,整驾催归及未晡。

出山迥望云木合,但见野鹘盘浮图。

兹游淡泊欢有余,到家恍如梦蘧蘧。

作诗火急追亡逋,清景一失后难摹。

【集评】汪师韩《苏诗选评笺释》曰:结句“清景”二字,一篇之大旨。云雪楼台,远望之景;水清林深,近接之景。未至其居,见盘纡之山路;既造其屋,有坐睡之蒲团。至于仆夫整驾,回望云山,寒日将晡,宛焉入画。“野鹘”句于分明处写出迷离,正与起五句相对照。又以“欢有余”应前“实自娱”,语语清景,亦语语自娱。而道人有道之处,已于言外得之。栩栩欲仙,何必涤笔于冰瓯雪碗。

纪昀批点《苏文忠公诗集》曰:忽叠韵,忽隔句韵,音节之妙,动合天然,不容凑拍。其源出于古乐府。

九日寻臻阇梨遂泛小舟至勤师院

湖上青山翠作堆，葱葱郁郁气佳哉。
笙歌丛里抽身出，云水光中洗眼来。
白足赤髭迎我笑，拒霜黄菊为谁开？
明年桑苎煎茶处，忆着衰翁首重回。

【评】首句"青"、"翠"二字复，"青"字可改。

【集评】清高宗《御选唐宋诗醇》曰："笙歌"、"云水"一联，尤为卓立杰出。

赵翼曰：律诗随笔写去，惟东坡能之。要是一病。（沈德潜《宋金元三家诗选》）

文与可有诗见寄云待将一段鹅溪绢
扫取寒梢万尺长次韵答之

为爱鹅溪白茧光，扫残鸡距紫毫芒。
世间那有千寻竹，月落庭空影许长。

【集评】纪昀批点《苏文忠公诗集》曰：戏笔近诨。

次韵子由使契丹至涿州见寄四首

老人痴钝已逃寒，子复辞行理亦难。
要到卢龙看古塞，投文易水吊燕丹。

【集评】纪昀批点《苏文忠公诗集》曰：起二句太朴。

胡羊代马得安眠，穷发之南共一天。
又见子卿持汉节，遥知遗老泣山前。

【集评】纪昀批点《苏文忠公诗集》曰：虚字入绝，不合格。古体则可。

毡毳年来亦甚都，时时鴂舌问三苏。
那知老病浑无用，欲问君王乞镜湖。

始忆庚寅降屈原，旋看蜡凤戏僧虔。
随翁万里心如铁，此子何劳为买田。

【集评】汪师韩《苏诗选评笺释》曰：辙寄诗云："谁将家集过燕都，每被
行人问大苏。莫把文章动蛮貊，恐妨谈笑卧江湖。"轼和之，语语相呼应。
古人和诗，有不次韵而但和其意者，未有虽次韵而各不相顾者。此诗亦其
一证也。

送安惇秀才失解西归

旧书不厌百回读,熟读深思子自知。

他年名宦恐不免,今日栖迟那可追。

我昔家居断还往,著书不复窥园葵。

谒来东游慕人爵,弃去旧学从儿嬉。

狂谋谬算百不遂,惟有霜鬓来如期。

故山松柏皆手种,行且拱矣归何时。

万事早知皆有命,十年浪走宁非痴?

与君未可较得失,临别唯有长嗟咨。

【评】一片忠告,岂已略知章之为人乎?

【集评】汪师韩《苏诗选评笺释》曰:送其失解归而乃勉以读书,朋友切磋之义莫过于此。

送子由使契丹

云海相望寄此身,那因远适更沾巾。

不辞驲骑凌风雪,要使天骄识凤麟。

沙漠回看清禁月,湖山应梦武陵春。

单于若问君家世,莫道中朝第一人。

【集评】汪师韩《苏诗选评笺释》曰:末用唐李揆事,非以第一人相矜夸,正是临别而望其遄归之意。

和子由踏青

春风陌上惊微尘，游人初乐岁华新。
人闲正好路旁饮，麦短未怕游车轮。
城中居人厌城郭，喧阗晓出空四邻。
歌鼓惊山草木动，箪瓢散野乌鸢驯。
何人聚众称道人，遮道卖符色怒嗔。
宜蚕使汝茧如瓮，宜畜使汝羊如麇。
路人未必信此语，强为买服禳新春。
道人得钱径沽酒，醉倒自谓吾符神。

【评】不甚高妙景物，名大家能写得恰如分际，小名家则非雅事不肯落笔矣。

【集评】曾国藩《读书录》曰：前八句叙踏青，后八句就道人卖符生波。

自金山放船至焦山

金山楼观何岈岈，撞钟击鼓闻淮南。
焦山何有有修竹，采薪汲水僧两三。
云霾浪打人迹绝，时有沙户祈春蚕。
我来金山更留宿，而此不到心怀惭。
同游尽返决独往，赋命穷薄轻江潭。

清晨无风浪自涌，中流歌啸倚半酣。

老僧下山惊客至，迎笑喜作巴人谈。

自言久客忘乡井，只有弥勒为同龛。

困眠得就纸帐暖，饱食未厌山蔬甘。

山林饥饿古亦有，无田不退宁非贪？

展禽虽未三见黜，叔夜自知七不堪。

行当投劾谢簪组，为我佳处留茅庵。

【评】后半用意平常。

【集评】纪昀批点《苏文忠公诗集》曰：前半以金山萦绕，后半借乡僧生情，布局极有波折，语亦脱洒。触手起波，生下半幅，仍结到本题。

病中游祖塔院

紫李黄瓜村路香，乌纱白葛道衣凉。

闭门野寺松阴转，攲枕风轩客梦长。

因病得闲殊不恶，安心是药更无方。

道人不惜阶前水，借与匏樽自在尝。

【评】写景中要有兴味，所谓有人存也。"乱山环合"、"十日春寒"各首皆是。

【集评】方东树《昭昧詹言》曰：先写游时景与情事，风味别胜，不比凡境。三、四写院中景。五、六还题"病中"，兼切二祖。收将院僧自己绾合，亦自然本地风光，不是从外插入。

惠崇春江晚景二首^①录一

竹外桃花三两枝,春江水暖鸭先知。
蒌蒿满地芦芽短,正是河豚欲上时。

【评】毛西河并此亦要批驳,岂真伦父至是哉!想亦口强耳。
【集评】纪昀批点《苏文忠公诗集》曰:此是名篇,兴象实为深妙。
胡仔《苕溪渔隐丛话》曰:此正是二月景致,是时河豚已盛矣。但"欲上"之语,似乎未稳。

八月十五日看潮五绝录三

定知玉兔十分圆,已作霜风九月寒。
寄语重门休上钥,夜潮留向月中看。

万人鼓噪慑吴侬,犹似浮江老阿童。
欲识潮头高几许,越山浑在浪花中。

江神河伯两醯鸡,海若东来气吐霓。
安得夫差水犀手,三千强弩射潮低。

【集评】赵克宜《角山楼苏诗评注汇钞》曰:若欲刻画潮之声势,自须大

———
① 题,宋刊《东坡集》和《东坡七集》本均作《惠崇春江晓景二首》。

篇,只写看潮情思,淡淡著笔,亦复清丽。

东坡一绝

雨洗东坡月色清,市人行尽野人行。
莫嫌荦确坡头路,自爱铿然曳杖声。

【评】东坡兴趣佳,不论何题,必有一二佳句,此类是也。

【集评】纪昀批点《苏文忠公诗集》曰:风致不凡。

赵克宜《角山楼苏诗评注汇钞》曰:拈出小境,入神。

初到黄州

自笑平生为口忙,老来事业转荒唐。
长江绕郭知鱼美,好竹连山觉笋香。
逐客不妨员外置,诗人例作水曹郎。
只惭无补丝毫事,尚费官家压酒囊。

【集评】方回《瀛奎律髓》曰:东坡元丰二年己未冬,责授检校水部员外郎、黄州团练使,本州安置,明年二月到郡。何逊、张籍、孟宾三诗人皆水部。

纪昀《瀛奎律髓刊误》曰:东坡诗多伤激切,此虽不免兀傲,而尚不甚碍和平之音。

正月二十日往岐亭郡人潘古郭三人
送余于女王城东禅庄院

十日春寒不出门，不知江柳已摇村。

稍闻决决流水谷，尽放青青没烧痕。

数亩荒园留我住，半瓶浊酒待君温。

去年今日关山路，细雨梅花正断魂。

【集评】方回《瀛奎律髓》曰：坡诗不可以律缚，善用事者无不妙。他语意天然者如此，仅十分好。

冯班批《瀛奎律髓》曰：于题不甚顾，力大才高故也。

书林逋诗后

吴侬生长湖山曲，呼吸湖光饮山渌。

不论世外隐君子，佣奴贩妇皆冰玉。

先生可是绝俗人，神清骨冷无由俗。

我不识君曾梦见，瞳子了然光可烛。

遗篇妙字处处有，步绕西湖看不足。

诗如东野不言寒，书似西台差少肉。

平生高节已难继，将死微言犹可录。

自言不作《封禅书》，更肯悲吟《白头曲》。

我笑吴人不好事，好作祠堂傍修竹。

不然配食水仙王，一盏寒泉荐秋菊。

【集评】田汝成《西湖游览志馀》曰：此诗景慕和靖甚切，但祠堂修竹，亦不失体，而遽以吴人不好事病之，颇牵强矣。

予以事系御史台狱府吏稍见侵自度不能堪死狱中不得一别子由故作二诗授狱卒梁成以遗子由

圣主如天万物春，小臣愚暗自亡身。
百年未满先偿债，十口无归更累人。
是处青山可藏骨，它年夜雨独伤神。
与君世世为兄弟，又结来生未了因。

柏台霜气夜凄凄，风动琅珰月向低。
梦绕云山心似鹿，魂飞汤火命如鸡。
眼中犀角真吾子，身后牛衣愧老妻。
百岁神游定何处，桐乡知葬浙江西。

【集评】纪昀批点《苏文忠公诗集》曰：情至语不以工拙论也。

同上：讥刺太多，自是东坡大病。然但多排诋权幸之言，而无一毫怨谤君父之意，是其根本不坏处，所以能传于后世也。

东坡摘句图

《龟山》云：身行万里半天下，僧卧一庵初白头。

《赠东林总长老》云：溪声便是广长舌，山色岂非清净身。

　　《甘露寺》云：江山岂不好？独游情易阑。

　　《和子由论书》云：我虽不善书，晓书莫如我。又：端庄杂流丽，刚健含婀娜。①

　　《试院煎茶》云：蟹眼已过鱼眼生，飕飕欲作松风鸣。

　　《伯时所画王摩诘》云：前身陶彭泽，后身韦苏州。②

　　《戏子由》云：读书万卷不读律，致君尧舜知无术。

　　《送李公择》云：嗟余寡兄弟，四海一子由。

　　《睡起》云：一枕清风直万钱，无人肯买北窗眠。③

　　《寄题吴州新开古东池》云：自言官长如灵运，能使江山似永嘉。

　　【集评】吴之振等《宋诗钞》曰：子瞻诗气象洪阔，铺叙宛转，子美之后一人而已。然用事太多，不免失之丰缛，虽其学问所溢，要亦洗削之功未尽也。

----

① 题，一作《次韵子由论书》。
② 题，一作《次韵黄鲁直书伯时画王摩诘》。
③ 题，全称为《睡起闻米元章冒热到东园送麦门冬饮子》。

苏　辙　字子由，与兄轼同登进士第。官至尚书右丞，进门下
侍郎。自号颍滨遗老。有《栾城集》。

与兄子瞻会宿二首①

逍遥堂后千章木，长送中宵风雨声。
误喜对床寻旧约，不知飘泊在彭城。

秋来官阁凉如水，别后山公醉似泥。
困卧纸窗呼不起，风吹松竹雨凄凄。

黄庭坚　字鲁直，号山谷道人，江西分宁人。官秘书丞，国史编
修官。

古诗二首上苏子瞻

江梅有佳实，托根桃李场。
桃李终不言，朝露借恩光。
孤芳忌皎洁，冰雪空自香。
古来和鼎实，此物升庙廊。

---

① 《栾城集》题作《逍遥堂会宿二首》。

岁月坐成晚，烟雨青已黄。

得升桃李盘，以远初见尝。

终然不可口，掷置官道旁。

但使本根在，弃捐果何伤。

【评】次句言亦出求仕也。转处言失时而太酸。

青松出涧壑，十里闻风声。

上有百尺丝，下有千岁苓。

自性得久要，为人制颓龄。

小草有远志，相依在平生。

医和不并世，深根且固蒂。

人言可医国，何用太早计。

小大材则殊，气味固相似。

【评】两首转处皆心苦分明，余则比体老法也。

【集评】苏轼云：读鲁直诗，如见鲁仲连、李太白，不敢复论鄙事。虽若不入用，亦不无补于世也。鲁直诗文如蝤蛑江瑶柱，格韵高绝，盘飧尽废，然不可多食，多食则发风动气。（《东坡题跋》）

吴乔《围炉诗话》曰：山谷古诗，若尽如上子瞻二篇，将以汉人待之，其他只是唐人之残山剩水耳。

醇道得蛤蜊复索舜泉舜泉已酌尽
官酤不堪不敢送

青州从事难再得，墙底数樽犹未眠。
商略督邮风味恶，不堪持到蛤蜊前。

【评】古者送人物，必以一物居前。弦高以牛十二犒师，先以乘韦是也。末句谓酒恶不堪送，否则前字趁韵矣。世有以趁韵藉口于山谷者，真令人齿冷也。

【集评】姚范《援鹑堂笔记》曰：涪翁以惊创为奇，其神兀傲，其气崛奇，玄思瑰句，排斥冥筌，自得意表。

王稚川既得官都下有所盼未归予
戏作林夫人欸乃歌二章与之竹枝歌
本出三巴其流在湖湘耳欸乃湖南歌也

花上盈盈人不归，枣下纂纂实已垂。
腊雪在时听马嘶，长安城中花片飞。

【评】言由腊雪时，盼到花开花落枣结实也。

从师学道鱼千里，盖世成功黍一炊。
日日倚门人不见，看尽林乌反哺儿。

【集评】吴之振等《宋诗钞》曰：庭坚出而荟萃百家句律之长，究极历代体制之变，自成一家，虽只字半句不轻出，为宋诗家宗祖，江西诗派皆师承之。

宿旧彭泽怀陶令

潜鱼愿深眇，渊明无由逃。
彭泽当此时，沉冥一世豪。
司马寒如灰，礼乐卯金刀。
岁晚以字行，更始号元亮。
凄其望诸葛，肮脏犹汉相。
时无益州牧，指挥用诸将。
平生本朝心，岁月阅江浪。
空余诗语工，落笔九天上。
向来非无人，此友独可尚。
属予刚制酒，无用酌杯盎。
欲招千岁魂，斯文或宜当。

【评】古人命名，未尝非用意有在。但专就名字上着笔，终近小巧，而铸词有极工处。

秋思寄子由

黄落山川知晚秋，小虫催女献功裘。
老松阅世卧云壑，挽着沧江无万牛。

【评】此亦作东坡诗,然于山谷较似。

【集评】黄爵滋《读山谷诗集》曰:老横,在七绝中另是一格。

送 王 郎 山谷妹婿

酌君以蒲城桑落之酒,泛君以湘累秋菊之英。

赠君以黟川点漆之墨,送君以阳关堕泪之声。

酒浇胸次之磊隗,菊制短世之颓龄。

墨以传万古文章之印,歌以写一家兄弟之情。

江山千里俱头白,骨肉十年终眼青。

连床夜语鸡戒晓,书囊无底谈未了。

有功翰墨乃如此,何恨远别音书少?

炒沙作糜终不饱,镂冰文章费工巧。

要须心地收汗马,孔孟行世日杲杲。

有弟有弟力持家,妇能养姑供珍鲑。

儿大诗书女丝麻,公但读书煮春茶。

【集评】胡仔《苕溪渔隐丛话》前集曰:永叔《送原甫出守永兴诗》云:"酌君以荆州鱼枕之蕉,赠君以宣城鼠须之管,酒如长虹饮沧海,笔若骏马驰平坂。"黄鲁直《送王郎诗》云:……近时学者,以谓此格独鲁直为之,殊不知永叔已先有也。

孙奕《履斋示儿编》曰:晁无咎《行路难》云:"赠君珊瑚夜光之角枕,玳瑁明月之雕床,一茧秋蝉之丽縠,百和更生之宝香。"黄鲁直《送王郎》云:……此诚相若,然鲁直辞雄意婉,压倒无咎。原其句法,实有来处,得非顾况《金珰玉佩歌》云:"赠君金珰大霄之玉佩,金琐禹步之流珠,五岳真君之秘箓,九天文人之宝书。"晁、黄得夺胎换骨之活法于此者乎?

次韵刘景文登邺王台见思五首<small>录一</small>

公诗如美色,未嫁已倾城。
嫁作荡子妇,寒机泣到明。
绿琴蛛网遍,弦绝不成声。
想见鸱夷子,江湖万里情。

次韵吴宣义三径怀友

佳眠未知晓,屋角闻晴哢。
万事颇忘怀,犹牵故人梦。
采兰秋蓬深,汲井短绠冻。
起看冥飞鸿,乃见天宇空。
甚念故人寒,谁省机与综?
在者天一方,日月老宾送。
往者不可言,古柏守翁仲。

【评】起即孟公语,末四句沉痛。

寄黄几复

我居北海君南海，寄雁传书谢不能。
桃李春风一杯酒，江湖夜雨十年灯。
持家但有四立壁，治病不蕲三折肱。
想得读书头已白，隔溪猿哭瘴溪藤。

【评】次句语妙，化臭腐为神奇也。三、四为此老最合时宜语；五、六则狂奴故态矣。

【集评】张耒曰：黄九云"桃李春风一杯酒，江湖夜雨十年灯"，真奇语。（《王直方诗话》）

方东树《昭昧詹言》曰：山谷兀傲纵横，一气涌现，然专学之，恐流入空滑，须慎之。

送舅氏野夫之宣城二首

藉甚宣城郡，风流数贡毛。
霜林收鸭脚，春网荐琴高。
共理须良守，今年辍省曹。
平生割鸡手，聊试发硎刀。

【评】贡毛号以风流，语妙。鸭脚、琴高，当之无愧色。五句本汉诏。

【集评】方回《瀛奎律髓》曰：三、四言土俗未见其奇，却是五、六有斡旋，尾句稍健。彼学晚唐者有前联工夫，无后四句力量。

试说宣城郡，停杯且细听。
晚楼明宛水，春骑簇昭亭。
秔稏丰圩户，桁杨卧讼庭。
谢公歌舞处，时对换鹅经。

【评】皖人各筑圩，至今犹然。

【集评】方回《瀛奎律髓》曰：此诗中四句佳，言风土之美，而"明"、"簇"、"丰"、"卧"，诗眼也。后山谓"句中有眼黄别驾"，是也。

次韵子瞻武昌西山

漫郎江南栖隐处，古木参天应手栽。
石坳为尊酌花鸟，自许作鼎调盐梅。
平生四海苏太史，酒浇不下胸崔嵬。
黄州副使坐闲散，谏疏无路通银台。
鹦鹉洲前弄明月，江妃起舞袜生埃。
次山醉魂招仿佛，步入寒溪金碧堆。
洗湔尘痕饮嘉客，笑倚武昌江作罍。
谁知文章照今古，野老争席渔争隈。
邓公勒铭留刻画，剜剔银钩洗绿苔。
琢磨十年烟雨晦，摸索一读心眼开。
谪去长沙忧服入，归来杞国痛天摧。
玉堂却对邓公直，北门唤仗听风雷。
山川悠远莫浪许，富贵峥嵘今鼎来。

万壑松声如在耳,意不及此文生哀。

【评】并子瞻于次山,付诸一慨,此时境地同也。"鼎来"句不免世故周旋。

子瞻诗句妙一世乃云效庭坚体盖退之
戏效孟郊樊宗师之比以文滑稽耳
恐后生不解故次韵道之子瞻送杨孟容诗云
我家峨眉阴与子同一邦即此韵①

我诗如曹邻,浅陋不成邦。

公如大国楚,吞五湖三江。

赤壁风月笛,玉堂云雾窗。

句法提一律,坚城受我降。

枯松倒涧壑,波涛所舂撞。

万牛挽不前,公乃独力扛。

诸人方嗤点,渠非晁张双。

袒怀相识察,床下拜老庞。

小儿未可知,客或许敦厖。

诚堪婿阿巽,买红缠酒缸。

【评】起四语,论者谓有微词,理或然也。"诸人"四句,言本不足附苏门,而苏乃降格纳交。

【集评】史绳祖《学斋占毕》曰:其尊坡公可为至,而自况可谓小矣。而

---

① 《宋诗钞》无"子瞻送杨孟容"以下二十一字,或以为是注释。

实不然,其深意乃自负而讽坡诗之不入律也。曹邹虽小,尚有四篇之诗入国风;楚虽大国,而《三百篇》绝无取焉。至屈原而始以骚称,为变风矣。

潘德舆《养一斋诗话》曰:予谓此说鲁直不甚服坡诗,可也;谓其曹、邹、楚之喻,暗含讥刺,殊失朋友忠直之道,似与鲁直为人不类。盖曹、邹、楚云云,自就诗之气象言耳。

题郑防画夹五首<small>录一</small>

惠崇烟雨归雁,坐我潇湘洞庭。
欲唤扁舟归去,故人言是丹青。

题伯时画严子陵钓滩

平生久要刘文叔,不肯为渠作三公。
能令汉家重九鼎,桐江波上一丝风。

【评】此兴到语耳。

题伯时画松下渊明

南渡诚草草,长沙慰艰难。
终风霾八表,夜半失前山。
远公香火社,遗民文字禅。
虽非老翁事,幽尚亦可观。

松风自度曲,我琴不须弹。

客来欲开说,觞至不得言。

【评】次句指陶侃,四句言晋亡。

次韵子瞻以红带寄王宣义

参军但有四立壁,初无临江千木奴。

白头不是折腰具,桐帽棕鞵称老夫。

沧江鸥鹭野心性,阴壑虎豹雄牙须。

鹔鹴作裘初服在,猩血染带邻翁无。

昨来杜鹃劝归去,更待把酒听提壶。

当今人材不乏使,天上二老须人扶。

儿无饱饭尚勤书,妇无复裤且着襦。

社瓮可漉溪可渔,更问黄鸡肥与癯。

林间醉着人伐木,犹梦官下闻追呼。

万钉围腰莫爱渠,富贵安能润黄垆。

【评】"当今"二句,法语之言。"二老"谓文潞公、吕申公,以耄年当国。

【集评】方东树《昭昧詹言》曰:一起跌宕,言贫不可归。二句不归,掷。三句曲,曲折好。"邻翁无"三字掷。"当今"句言不用要我。收衰了。

题竹石牧牛 并引

子瞻画丛竹怪石,伯时增前坡牧儿骑牛,甚有意态,戏咏。

野次小峥嵘,幽篁相倚绿。
阿童三尺箠,御此老觳觫。
石吾甚爱之,勿遣牛砺角。
牛砺角尚可,牛斗残我竹。

【评】用太白《独漉篇》调甚妙。但须少加以理耳。

【集评】范季随《陵阳室中语》曰:"独漉水中泥,水浊不见月。不见月尚可,水深行人没。"盖是李太白《独漉篇》也。山谷亦仿此语意耳。

吴景旭《历代诗话》曰:余观此诗机致圆美,只将竹石牛三件顿挫入神,自成雅调。

送少章从翰林苏公余杭

东南淮海惟扬州,国士无双秦少游。
欲攀天关守九虎,但有笔力回万牛。
文学纵横乃如此,故应当家有季子。
时来谁能力作难,鸿雁行飞入道山。
斑衣儿啼真自乐,从师学道也不恶。
但使新年胜故年,即如常在郎罢前。

【评】由厥兄递到厥弟，余周旋语。

予既作竹枝词夜宿歌罗驿梦李白相见于山间曰予往谪夜郎于此闻杜鹃作竹枝词三叠世传之不予细忆集中无有请三诵乃得之录一①

一声望帝花片飞，万里明妃雪打围。
马上胡儿那解听，琵琶应道不如归。

【评】音节极佳。先生所谓可以弦歌者，此其选矣。
【集评】《南窗纪谈》曰：至黄鲁直，始专集取古人才语以叙事，虽造次间必期于工，遂以名家，士大夫翕然效之。

题苏若兰回文锦诗图

千诗织就回文锦，如此阳台莫雨何。
亦有英灵苏蕙手，只无悔过窦连波。

【评】次句又弄小巧。

病起荆江亭即事十首录二

翰墨场中老伏波，菩提坊里病维摩。

① 任渊《山谷诗注》题作《梦李白诵竹枝词三叠》，陈衍误将诗前小序作题。

近人积水无鸥鹭,时有归牛浮鼻过。

【评】兴会之作。

闭门觅句陈无己,对客挥毫秦少游。
正字不知温饱未? 西风吹泪古藤州。

【集评】朱熹《朱文公语录》曰:陈无己平时出行,觉有诗思,便急归,拥被卧而思之,呻吟如病者,或累日而后起,真是闭门觅句者也。

次韵中玉水仙花二首

借水开花自一奇,水沉为骨玉为肌。
暗香已压酴醿倒,只比寒梅无好枝。

淤泥解作白莲藕,粪壤能开黄玉花。
可惜国香天不管,随缘流落小民家。

【评】末二句实有所指;况以水仙花,恰称穷巷幽姿身分。
【集评】吴沆《环溪诗话》曰:山谷诗文中,无非以物为人者,此所以擅一时之名而度越流辈也。

王充道送水仙花五十枝欣然会心为之作咏

凌波仙子生尘袜,水上轻盈步微月。

是谁招此断肠魂,种作寒花寄愁绝?

含香体素欲倾城,山矾是弟梅是兄。

坐对真成被花恼,出门一笑大江横。

【评】一经品题,遂登大雅之堂。

【集评】方东树《昭昧詹言》曰:起四句奇思奇句。"山矾"句奇句。"坐对"句用杜。收句空。遒老。

戏赠米元章二首

万里风帆水接天,麝煤鼠尾过年年。

沧江尽夜虹贯月,定是米家书画船。

我有元晖古印章,印刓不忍与诸郎。

虎儿笔力能扛鼎,教字元晖继阿章。

【评】山谷七言绝句皆学杜;少学龙标、供奉者有之,《岳阳楼》、《鄂州南楼》近之矣。

雨中登岳阳楼望君山二首

投荒万死鬓毛班,生出瞿塘滟滪关。

未到江南先一笑,岳阳楼上对君山。

满川风雨独凭栏,绾结湘娥十二鬟。
可惜不当湖水面,银山堆里看青山。

【集评】李屏山《西岩集序》曰:黄鲁直天姿峭拔,摆出翰墨畦径,以俗为雅,以故为新。

题胡逸老致虚庵

藏书万卷可教子,遗金满籯常作灾。
能与贫人共年谷,必有明月生蚌胎。
山随宴坐画图出,水作夜窗风雨来。
观水观山皆得妙,更将何物污灵台。

【集评】方回《瀛奎律髓》曰:三、四谓赈饥者必有后,此理灼然。五、六奇句也,亦近"吴体"。

武昌松风阁

依山筑阁见平川,夜阑箕斗插屋椽,
我来名之意适然。
老松魁梧数百年,斧斤所赦今参天,
风鸣娲皇五十弦,洗耳不须菩萨泉。
嘉二三子甚好贤,力贫买酒醉此筵。
夜雨鸣廊到晓悬,相看不归卧僧毡。
泉枯石燥复潺湲,山川光辉为我妍。

野僧早饥不能馔,晓见寒溪有炊烟。
东坡道人已沉泉,张侯何时到眼前?
钓台惊涛可昼眠,怡亭看篆蛟龙缠。
安得此身脱拘挛,舟载诸友长周旋。

【评】读次句,觉纱窗宿斗牛,犹近牵强。
【集评】方东树《昭昧詹言》曰:"风鸣"二句奇想。后半直叙,却能扫人凡言,自撰奇重之语。故无远意。"我来"句删。"野僧"二句不洽,删。

次韵文潜

武昌赤壁吊周郎,寒溪西山寻漫浪。
忽闻天上故人来,呼舡凌江不待饷。
我瞻高明少吐气,君亦欢喜失微恙。
年来鬼祟覆三豪,词林根柢颇摇荡。
天生大材竟何用,只与千古拜图像。
张侯文章殊不病,历险心胆元自壮。
汀洲鸿雁未安集,风雪牖户当塞向。
有人出手办兹事,政可隐几穷诸妄。
经行东坡眠食地,拂拭宝墨生楚怆。
水清石见君所知,此是吾家秘密藏。

【评】沉痛语一二敌人千百。
【集评】象山云:豫章之诗,包含欲无外,搜抉欲无秘,体制通古今,思致极幽渺,贯穿驰骋,工夫精到。虽未极古之源委,而其植立不凡,斯亦宇宙

之奇诡也。(《鹤林玉露》)

鄂州南楼书事四首_{录一}

四顾山光接水光,凭栏十里芰荷香。
清风明月无人管,并作南楼一味凉。

寄贺方回

少游醉卧古藤下,谁与愁眉唱一杯?
解作江南断肠句,只今唯有贺方回。

书磨崖碑后

春风吹船著浯溪,扶藜上读《中兴碑》。
平生半世看墨本,摩挲石刻鬓成丝。
明皇不作苞桑计,颠倒四海由禄儿。
九庙不守乘舆西,万官已作鸟择栖。
抚军监国太子事,何乃趣取大物为?
事有至难天幸尔,上皇踽踽还京师。
内间张后色可否,外间李父颐指挥。
南内凄凉几苟活,高将军去事尤危。
臣结《舂陵》二三策,臣甫《杜鹃》再拜诗。

安知忠臣痛至骨，世上但赏琼琚词！
同来野僧六七辈，亦有文士相追随。
断崖苍藓对立久，冻雨为洗前朝悲。

【评】此首音节甚佳，而议论未是。

【集评】曾季貍《艇斋诗话》曰：山谷《浯溪碑》诗有史法，古今诗人不至此也。

刘壎《隐居通议》曰：山谷翁《书摩崖碑后》、《题老杜浣花醉图》，皆精深有议论，严整有格律，二篇正堪作对。

郭明甫作西斋于颍尾请予赋诗二首

食贫自以官为业，闻说西斋意凛然。
万卷藏书宜子弟，十年种木长风烟。
未尝终日不思颍，想见先生多好贤。
安得雍容一樽酒，女郎台下水如天。

【评】三、四胜张老之发远矣。

山谷摘句图

落木千山天远大，澄江一道月分明。《登快阁》
平生几两屐，身后五车书。《咏猩猩毛笔》①

————————

① 任渊《山谷诗注》题全称为《答钱穆父咏猩猩毛笔》。

【集评】王士禛《分甘余话》曰：咏物最难超脱，超脱而复精切，则尤难也。宋人《咏猩猩毛笔》云："生前几两屐，身后五车书。"超脱而精切，一字不可移易。

有子才如不羁马，知公心是后凋松。《和高仲本喜相见》
行要争光日月，诗须皆可弦歌。《再赠子勉》①
饱吃惠州饭，细和渊明诗。《跋子瞻和陶诗》
公如端为苦笋归，明日青衫诚可脱。《次韵子瞻春菜》
春去不窥园，黄鹂颇三请。《晚春》②
水远山长双属玉，身闲心苦一春锄。《池口风雨留三日》
夜听疏疏还密密，晓看整整复斜斜。风回共作婆娑舞，天教能开顷刻花。《咏雪》③
人间风日不到处，天上玉堂森宝书。《双井茶送子瞻》
管城子无食肉相，孔方兄有绝交书。《戏呈孔毅父》
未生白发犹堪酒，垂上青云却佐州。《次王定国扬州见寄》
张侯哦诗松韵寒，六月火云蒸肉山。《戏和文潜》④
人间化鹤三千岁，海上看羊十九年。《观翰林公出游》⑤

---

① 《山谷诗注》题全称为《再用前韵赠子勉四首》。
② 《山谷诗注》题全称为《次韵张询斋中晚春》。
③ 《山谷诗注》题全称为《咏雪奉呈广平公》。
④ 《山谷诗注》题全称为《戏和文潜谢穆公松扇》。
⑤ 《山谷诗注》题全称为《次韵宋懋宗三月十四日到西池都人盛观翰林公出邀》。

陈师道 字履常,一字无咎,号后山。彭城人。年十六,谒曾南丰,大器之,遂受业焉。元符间除秘书省正字。

妾薄命二首

自注:为曾南丰作。

主家十二楼,一身当三千。
古来妾薄命,事主不尽年。
起舞为主寿,相送南阳阡。
忍着主衣裳,为人作春妍。
有声当彻天,有泪当彻泉。
死者恐无知,妾身长自怜。

【评】沉痛语,可以上接顾长康之于桓宣武。

【集评】谢叠山曰:元丰间,曾巩修史,荐后山有道德、有史才,乞自布衣召入史馆,命未下而曾去。后山感其知己,不愿出他人门下,故作《妾薄命》。(《诗林广记》)

任渊《后山诗注》曰:后山学于南丰曾子固。南丰卒于元丰六年,此篇必是时所作。

落叶风不起,山空花自红。
捐世不待老,惠妾无其终。
一死尚可忍,百岁何当穷。
天地岂不宽,妾身自不容。
死者如有知,杀身以相从。

向来歌舞地，夜雨鸣寒螀。

【评】二诗比拟，终嫌不伦。

【集评】任渊《后山诗注》曰：(首)两句曲尽丘原凄惨景象。

赠二苏公

岷峨之山中巴江，桂椒楠栌枫柞樟，
青金黄玉丹砂良，兽皮鸟羽不足当，
异人间出骇四方。
严王陈李司马扬，一翁二季对相望。
奇宝横道骥服箱，谁其识者有欧阳。
大科异等固其常，小却盛之白玉堂。
典谟雅颂用所长，度越周汉登虞唐。
千载之下有素王，平陈郑毛视荒荒。
后生不作诸老亡，文体变化未可量。
万口一律可吃羌，妖狐幻人大陆梁。
虎豹却走逢牛羊，上帝惠顾祓不祥。
天门夜下龙虎章，前驱吴回后炎皇。
绛旗丹毂朱冠裳，从以甲胄万鬼行。
乘风纵燎无留藏，天高地下日月光。
授公以柄扶病伤，士如稻苗待公秧。
临流不度公为航，如大医王治膏肓。
外证已解中尚强，探囊一试黄昏汤。

一洗十年新学肠，老生塞口不敢尝。
向来狂杀今尚狂，请公别试囊中方。

【评】此首中段，痛斥新学。

【集评】苏轼《荐布衣陈师道状》曰：陈师道，文词高古，度越流辈，安贫守道，若将终身。苟非其人，义不往见。过壮未仕，实为遗才。

九日寄秦观①

疾风回雨水明霞，沙步丛祠欲莫鸦。
九日清樽欺白发，十年为客负黄花。
登高怀远心如在，向老逢辰意有加。
淮海少年天下士，可能无地落乌纱。

【集评】方回《瀛奎律髓》曰："无地落乌纱"，极佳。
纪昀《瀛奎律髓刊误》曰：诗不必奇，自然老健。

绝句四首录一

书当快意读易尽，客有可人期不来。
世事相违每如此，好怀百岁几回开。

【集评】《复斋漫录》曰：此无己得意诗也。

———————————

① 秦观，据任渊《后山诗注》卷二，应作"秦觏"。

谢赵使君送乌薪

欲落未落雪近人，将尽不尽冬压春。

风枝冰瓦有去鸟，远坊穷巷无来人。

忽闻叩门声遽速，惊鸡透篱犬升屋。

使君传教赐薪炭，妓围那解思寒谷？

老身曲直不足云，冷窗冻壁作春温。

定知和气家家到，不独先生雪塞门。一作"席作门"。

【集评】方回《瀛奎律髓》曰：在苏门六君子中，亚于黄而高于晁、张也。

放歌行二首

春风永巷闭娉婷，长使青楼误得名。

不惜卷帘通一顾，怕君着眼未分明。

当年不嫁惜娉婷，抹白施朱作后生。

说与旁人须早计，随宜梳洗莫倾城。

【评】第一首终嫌炫玉。此首为人说法，则可，所谓教人傅脂粉，不自著罗衣也。

九日无酒书呈漕使韩伯修大夫

老大悲伤节物催,酒肠枯涸壮心灰。
惭无白水真人分,难置青州从事来。
倦笔懒从都市出,醉眸刚为曲车回。
黄花也似相欺得,坐对空樽不肯开。

【集评】潘德舆《养一斋诗话》曰:予读陈后山集,而叹杜之未易学,而不可以不学也。杜诗沉而雄,郁而透,后山只得其沉郁,而雄力透空处不能得之,故弥望皆晦僿之气。

赠欧阳叔弼

叔弼名棐,六一居士之第三子,家于颍州。

早知汝颍多能事,晚以诗书托下僚。
大府礼容宽懒慢,故家文物尚嫖姚。
只将忧患供谈笑,敢望功言答圣朝。
岁历四三仍此地,家余五一见今朝。

【评】末二句学杜而得其皮者,切不可学。

即　事

老觉山林可避人,正须麋鹿与同群。
却嫌鸟语犹多事,强管阴晴报客闻。

绝　句

此生精力尽于诗,末岁心存力已疲。
不共卢王争出手,却思陶谢与同时。

【评】此亦学杜。

【集评】元好问《论诗绝句三十首》曰:池塘春草谢家诗,万古千秋五字新。传语闭门陈正字,可怜无补费精神。

答晁以道

转走东南复帝城,故人相见眼偏明。
十年作吏仍馌口,两地为邻阙寄声。
冷眼尚堪看细字,白头宁复要时名?
熟知范叔寒如此,未觉严公有故情。

【评】此学杜有得之作。

别黄徐州

姓名曾落荐书中,刻画无盐自不工。
一日虚声满天下,十年从事得途穷。
白头未觉功名晚,青眼常蒙今昔同。
衰疾又为今日别,数行老泪洒西风。

【集评】朱熹《朱子语类》曰:后山雅健强似山谷,然气力不似山谷较大,但却无山谷许多轻浮底意思。

赠寇国宝三首①

承家从昔如君少,得士于今孰我先。
口拟说诗心已解,世间快马不须鞭。

舟中二首录一

恶风横江江卷浪,黄流湍猛风用壮。
疾如万骑千里来,气压三江五湖上。
岸上空荒火夜明,舟中坐起待残更。
少年行路今头白,不尽还家去国情。

---

① 诗共三首,此其一。

【集评】任渊《后山诗注》曰：言行藏进退，皆有所迫，非其本志也。

东山谒外大父墓

土山宛转屈苍龙，下有檠檠盖世翁。
万木刺天元自直，丛篁侵道更须东。
百年富贵今谁见？一代功名托至公。
少日拊头期类我，暮年垂泪向西风。

【集评】任渊《后山诗注》曰：后山盖庞丞相籍之外孙，司马温公作丞相墓志云：葬雍丘东山。

纪昀《瀛奎律髓刊误》曰：一气浑成，后山最深厚之作。

次韵晁无咎冬夜见寄

寒窗冷夜欲生尘，短枕长衾却自亲。
老子形骸从薄暮，先生意气尚青春。
覆杯不待回丹颊，危坐犹能作直身。
城郭山林两无得，暮年当复几沾巾。

【集评】任渊《后山诗注》曰：言出处皆不如志，可为流涕也。

和范教授同游桓山

送客寻山已自仙，行谈坐笑复忘年。
平郊走马斜阳里，破屋传杯积水边。
洗壁留名题岁月，登高著句记山川。
风流幕下诸公子，缩手吟边更觉贤。

春怀示邻里

断墙著雨蜗成字，老屋无僧燕作家。
剩欲出门追语笑，却嫌归鬓逐尘沙。
风翻蛛网开三面，雷动蜂窠趁两衙。
屡失南邻春事约，只今容有未开花。

【评】此诗另是一种结构，似两绝句接成一律。

【集评】方回《瀛奎律髓》曰：淡中藏美丽，虚处着工夫，力能排天斡地，此后山诗也。

纪昀《瀛奎律髓刊误》曰：刻意劖削，脱尽甜熟之气，以为"排天斡地"，则意境自高，推许太过。

和寇十一晚登白门

重门杰观屹相望,表里山河自一方。
小市张灯归意动,轻衫当户晚风长。
孤臣白首逢新政,游子青春见故乡。
富贵本非吾辈事,江湖安得便相忘。

【集评】方回《瀛奎律髓》曰:尾句又谓吾辈如苏、黄,本非有意富贵,但不能恝然忘情,俾脱迁谪而北还,亦私谊之所计也。词意深婉,岂徒诗而已哉。

高步瀛《唐宋诗举要》曰:后半沉著往复有致。

谢赵生惠芍药三绝句_{录一}

九十风光次第分,天怜独得殿残春。
一枝縢欲簪双髻,未有人间第一人。

【评】昔有集"六宫粉黛"、"万国衣冠"二句咏金轮者,可以移赠此诗。

和李使君九日登戏马台

登高能赋属吾侪,不用传杯击钵催。
九日风光堪落帽,中年怀抱更登台。

江山信美因人胜,黄菊逢辰满意开。
二谢风流今复见,千年留句待君来。

【评】三、四加"堪"字、"更"字,便不陈旧。

次韵夏日

江上双峰一草堂,门闲心静自清凉。
诗书发冢功名薄,麋鹿同群岁月长。
句里江山随指顾,舌端幽渺致张皇。
莫欺九尺须眉白,解醉佳人锦瑟旁。

【集评】冯班曰:第三句野。

不见"夏日"。宋人用事只是不相干处着力,所以不妥。(《瀛奎律髓汇评》)

纪昀《瀛奎律髓刊误》曰:一片宋调,故冯氏以为"野"。通首惟次句切夏,冯氏谓"不见夏日",亦中其病。

寄晁无斁

稍听春鸟语叮咛,又见官池出断冰。
雪后踏青谁与共? 花间著语老犹能。
笑谈暮倦寻常听,山院终同一再登。
今日已知他日恨,抢榆况得及飞腾。

【集评】纪昀《瀛奎律髓刊误》曰：虽乏浑厚，颇有流动之趣。

春 兴

东风作恶不成寒，野水穿沙自作滩。
细草无端留客卧，繁枝有意待人看。

【评】此学杜而却似荆公之学杜者。

后山传作，如《妾薄命》、《放歌行》等，音节多近黄。兹特选其音调高骞，近王近苏者，似为后山开一生面。实则老杜本有雄俊、沉郁两种也。

【集评】吴之振等《宋诗钞》曰：盖法严而力劲，学赡而用变，涪翁以后殆难与敌也。

秦 观 字少游，一字太虚。高邮人。官至国史院编修。

泗州东城晚望

渺渺孤城白水环，舳舻人语夕霏间。
林梢一抹青如画，应是淮流转处山。

【集评】《王直方诗话》曰：东坡尝以所作小词示无咎、文潜曰："何如少

游?"二人皆对曰:"少游诗似小词,先生小词似诗。"(《苕溪渔隐丛话》)

春日五首录一

一夕轻雷落万丝,霁光浮瓦碧参差。
有情芍药含春泪,无力蔷薇卧晓枝。

【评】遗山讥"有情"二语为"女郎诗"。诗者,劳人、思妇公共之言,岂能有《雅》、《颂》而无《国风》,绝不许女郎作诗耶!

【集评】元好问《论诗绝句三十首》曰:"有情芍药含春泪,无力蔷薇卧晓枝。"拈出退之《山石》诗,始知渠是女郎诗。

秋日三首录一

月团新碾瀹花瓷,饮罢呼儿课《楚辞》。
风定小轩无落叶,青虫相对吐秋丝。

春日偶题呈钱尚书

三年京国鬓如丝,又见新花发故枝。
日典春衣非为酒,家贫食粥已多时。

【集评】吕居仁曰:少游过岭后诗,严重高古,自成一家。(《宋诗钞》)

再遣朝华

玉人前去却重来，此处分携更不回。
肠断龟山离别处，夕阳孤塔自崔嵬。

赠女冠畅师

瞳人剪水腰如束，一幅乌纱裹寒玉。
超然自有姑射姿，回首粉黛皆尘俗。
雾阁云窗人莫窥，门前车马任东西。
礼罢晓坛春日静，落红满地乳鸦啼。

【评】末韵不著一字，而浓艳独至。《桐江诗话》以此道姑为神仙中人，殆不虚也。

【集评】《诗林广记》引《桐江诗话》曰：畅姓，惟汝南有之。其族尤奉道，男女为黄冠者，十之八九。时有女冠畅道姑，姿色妍丽，神仙中人也。少游挑之不得，乃作诗云。

晁冲之 字叔用，初字用道。

留别江子之

尽室飘零去上都，试于溱洧卜幽居。

不从刺史求彭泽，敢向君王乞镜湖。

平日甚豪今潦倒，少年最乐晚崎岖。

故人鼎贵甘相绝，别后君须寄一书。

【集评】刘克庄《后村诗话》曰：余读叔用诗，见其意度宏阔，气力宽余，一洗诗人穷饿酸辛之态。

戏留次哀三十三弟①颂之

白下春泥尚未干，汴流更待小潺湲。

不知汝定成行不？寒食今无数日间。

夜 行

老去功名意转疏，独骑瘦马取长途。

孤村到晓犹灯火，知有人家夜读书。

---

① 哀，一本作"褒"。

晁补之 字无咎,济州巨野人。

赠文潜甥杨克一学文与可画竹求诗

与可画竹时,胸中有成竹。

经营似春雨,滋长地中绿。

兴来雷出土,万箨起崖谷。

君今似与可,神会久已熟。

吾观古管葛,王霸在心曲。

遭时见毫发,便可惊世俗。

文章亦技尔,讵可枝叶续。

穿杨有先中,未发猿拥木。

词林君张舅,此理妙观烛。

君从问轮扁,何用知圣读。

【集评】胡仔《苕溪渔隐丛话》曰:诸体诗俱风骨高骞,一往隽迈,并驾于张、秦之间,亦未知孰为先后。

同上:古乐府是其所长,辞格俊逸可喜。

题 庐 山

南康南麓江州北,五百僧房缀蜜脾。

尽是庐山佳绝处,不知何处合题诗?

遇赦北归

山犹故险水犹奔，无复前年溅泪痕。
自是人心随境别，橹声帆色尽君恩。

【集评】吕居仁曰：当时于苏门并称秦（观）晁。晁以气胜，则灏衍而新崛。
秦以韵胜，则追琢而淳泓。要其体格在伯仲，而晁为雄大矣。（《宋诗钞》）

贵溪在信州城南其水西流七百里入江

玉山东去不通州，万壑千岩隘上游。
应会逐臣西望意，故教溪水只西流。

【评】晁、张得苏之隽爽，而不得其雄骏。

张　　耒　字文潜，号柯山，人称宛丘先生。楚州淮阴人。第进
士，历官至直龙图阁，知润州。

出　山

青山如君子，悦我非姿媚。

相逢一开颜,便有论交意。

今晨决然去,惨若执我袂。

谓山无见留,此事宁从置。

道边青发翁,下有白玉髓。

劚之龙蛇窟,自足饱吾世。

平生眈幽独,乃若安朝市。

一官等尘垢,安得败成计?

草堂醉老子,虎溪大开士。

寄语二主人,为留三亩地。

【集评】晁补之《题文潜诗册后》曰:君诗容易不着急,忽似春风开百花。上苑离宫曾绝艳,野墙荒径故幽葩。惬心刍豢非杂俎,乘世江河自一家。

夏日三首录一

长夏村墟风日清,檐牙燕雀已生成。

蝶衣晒粉花枝午,蛛网添丝屋角晴。

落落疏帘邀月影,嘈嘈虚枕纳溪声。

久判两鬓如霜雪,直欲樵渔过此生。

二十三日即事

已逢妩媚散花峡,不怕艰危道士矶。

啼鸟似逢人劝酒,好山如为我开眉。

风标公子鹭得意，跋扈将军风敛威。
到舍将何作归遗，江山收得一囊诗。

【集评】方回《瀛奎律髓》曰：此离黄州贬所作，颇以去险即夷为喜耳。
查慎行曰：五、六说破"鹭"字、"风"字，殊少味矣。（《瀛奎律髓汇评》）

发安化回望黄州山

流落江湖四见春，天恩复与两朱轮。
几年鱼鸟真相得，从此江山是故人。
碧落已瞻新日月，故园好在旧交亲。
此生可免嘲伧父，莫避北风京洛尘。

【集评】朱熹《朱子语类》曰：张文潜诗只一笔写去，重意重字皆不问，然好处亦是绝好。

赴官寿安泛汴

西来秋兴日萧条，昨夜新霜缉缊袍。
开遍菊花残蕊尽，落余寒水旧痕高。
萧萧官树皆黄叶，处处村旗有浊醪。
老补一官西入洛，幸闻山水颇风骚。

自上元后闲作五首_{录二}

东风吹雨夜侵阶，楼角长烟晓未开。
何事旧时愁意绪？一翻春至一翻来。

喧喧野县自笙歌，风卷高云天似波。
谁谓楼前明月好？月明多处客愁多。

【集评】《宋史·张耒传》曰：作诗晚岁益务平淡，效白居易体，而乐府效张籍。

怀金陵二首①

璧月琼枝不复论，秦淮半已掠荒村。
青溪天水相澄映，便是临春阁上魂。

曾作金陵烂漫游，北归尘土变衣裘。
芰荷声里孤舟雨，卧入江南第一州。

【集评】吴之振等《宋诗钞》曰：近体工警不及白，而醖藉闲远，别有神韵；乐府古诗用意古雅，亦长庆为多耳。

---

① 《四部丛刊》本《张右史文集》卷三十题作《怀金陵三首》，此为其二、三。

句

东风不惜残桃李,吹作春愁处处飞。《雨后》①
贫无隙地栽桃李,日日门前自买花。《杂诗》

文　同　字与可。蜀梓州人。登皇祐元年进士,知湖州。

寄宇文公南　自文州曲水令弃官

彭泽长谣便归去,君辞曲水亦其徒。
一官何藉五斗米,二子况皆千里驹。
懒对俗人常答飒,厌闻时事但卢胡。
从来绵竹多贤者,惟是扬雄失壮夫。

【集评】吴之振等《宋诗钞》曰:其诗清苍萧散,无俗学补缀气,有孟襄阳、韦苏州之致。

北斋雨后

小庭幽圃绝清佳,爱此常教放吏衙。

---

① 《张右史文集》卷二十八题作《雨后游末园》。

雨后双禽来占竹,秋深一蝶下寻花。

唤人扫壁开吴画,留客临轩试越茶。

野兴渐多公事少,宛如当日在山家。

【评】"占"字、"寻"字下得切。

此 君 庵

班班堕箨开新筠,粉光璀璨香氛氲。

我常爱君此默坐,胜见无限寻常人。

【评】谚所谓巧言不如直道。

米 芾 字元章。太原人,徙襄阳。官至淮阳军。

垂 虹 亭

断云一叶洞庭帆,玉破鲈鱼霜破柑。

好作新诗寄桑苎,垂虹秋色满东南。

【集评】苏轼曰:元章奔逸绝尘之气,超妙入神之字,清新绝俗之文。

（《宋诗钞》）

邹　浩 字志完。晋陵人。号道乡。官至直龙图阁。

咏　路

赤路如龙蛇，不知几千丈。
出没山水间，一下复一上。
伊予独何为？与之同俯仰。

贺　铸 字方回。卫州人。官太平州判。

留别田画①

君家陋巷一尺泥，吾车有轮马有蹄。
犯寒踏雨重相过，明日扁舟吾遂西。
回首邯郸迹如扫，离索十年成潦倒。
兔葵燕麦春自妍，蝉腹龟腹气方饱。
云逵窗窅谢攀跻，长铗与人还故栖。
异时结驷来南亩，耕者老夫锄者妻。

【评】用笔清刚，不似填词家语。

---

① 田画，据《四库全书》本《庆湖遗老诗集》卷一，应作"田昼"。

【集评】陆游《老学庵笔记》曰：诗文皆高，不独工长短句也。

病后登快哉亭

经雨清蝉得意鸣，征尘断处见归程。

病来把酒不知厌，梦后倚楼无限情。

鸦带斜阳投古刹，草将野色入荒城。

故园又负黄华约，但觉秋风鬓上生。

【评】眼前语，说来皆见心思。

【集评】《四库全书总目提要》曰：工致修洁，时有逸气。

孔武仲　字常父。临江新喻人。官至宝文阁待制，知洪州。

久长驿书事

空堂深深闪灯烛，群奴鼾眠声动屋。

豆肥草软马亦便，嚼美只如蚕上簇。

天事由来不可量，初更月出星煌煌。

须臾变作霏霏雨，客枕不眠知夜长。

【集评】吴之振等《宋诗钞》曰：与兄文仲、弟平仲并有文名，时称二苏三孔。元祐文人之盛,大都材致横阔而气魄刚直,故能振靡复古。如三孔者,皆文章之雄也。

舍轿马而步

严风驾雪霜,吾轿颇温燠。
白日燠郊原,吾马快驰逐。
二者皆得用,翩如两黄鹄。
马骄倦提策,轿狭厌挛束。
何以救斯弊?奔驰有吾足。
副之两革靴,随以一筇竹。
凫趋上高冈,虎步出平陆。
折花得低枝,照影临深谷。
道逢田间叟,时访以耕牧。
北音稍入耳,俚语俄满腹。
行行及前堆,小汗已霡霂。
芳草可为茵,吾眠不须褥。
人生忌太佚,终岁居华屋。
醉饱耳目昏,软暖筋骸缩。
今吾异于此,千里干微禄。
朝随麏獐骋,夜侣鸿雁宿。
户枢劳乃久,金矿锻方熟。
聊歌以自娱,不作杨朱哭。

瓜步阻风

昨日焚香谒圣母,青山鞠躬如负弩。

但乞天开万里明,扫去浮云戢风雨。

谓宜言发即响报,岂知神不听我语。

门前白浪如银山,江上狂风如怒虎。

船痴橹硬不能拔,未免凄迟傍洲渚。

轻盈但爱白鸥飞,颠顿可怜芳草舞。

三江五湖历已尽,势合平夷反龃龉。

上水歌呼下水愁,北船萦绊南船去。

寄言南船莫雄豪,万事低昂如桔槔。

我当卖剑买牲牢,再扫灵宇陈肩尻。

黄金壶樽沃香醪,神喜借以南风高。

扬帆拍手笑尔曹,不知流落何江皋,

荒洲寂寥听怒号。

【评】第二句甚趣,可与宛陵"两已"句并称。

孔平仲 字毅父,武仲弟。官至提举永兴路刑狱。

代小子广孙寄翁翁

爹爹来密州,再岁得两子。
牙儿秀且厚,郑郑已生齿。
翁翁尚未见,既见想欢喜。
广孙读书多,写字辄两纸。
三三足精神,大安能步履。
翁翁虽旧识,伎俩非昔比。
何时得团聚,尽使罗拜跪。
婆婆到辇下,翁翁在省里。
大婆八十五,寝膳近何似?
爹爹与奶奶,无日不思尔。
每到时节佳,或对饮食美。
一一俱上心,归期当屈指。
昨日又开炉,连天北风起。
饮阑却萧条,举目数千里。

【评】学卢全体,而去其钩棘字句。

【集评】吴之振等《宋诗钞》曰:平仲长于史学,工词藻,故诗尤夭矫流丽,奄有二仲。

西　轩

新作朱门向水开,虽临行路少尘埃。
久藏胜境因人发,尽放青山入坐来。
树影转檐棋未散,荷香飘枕梦初回。
晚年事事皆疏懒,赖得闲官养不才。

和经父寄张绩

解纵枭鸱啄凤皇,天心似此亦难详。
但知斩马凭孤剑,岂为推车避太行?
得者折腰犹下列,失之垂翅合南翔。
不如长揖尘埃去,同老逍遥物外乡。

【评】五、六好。

登贺园高亭

东武名园数贺家,更于高处望春华。
深红浅白知多少,直到南山尽是花。

【评】使人神往。

昼眠呈梦锡

百忙之际一闲身，更有高眠可诧君。
春入四支浓似酒，风吹孤梦乱如云。
诸生弦诵何妨静，满席图书不废勤。
向晚欠伸徐出户，落花帘外自纷纷。

集于昌龄之舍

一醉昏昏万不知，黄昏促席夜深归。
明朝唯见家人说，昨夜归时雪满衣。

李　觏　字泰伯。南城人。嘉祐中为太学说书。

灵　源　洞

才出尘来尚未知，渐攀藤竹渐临危。
伏流似是龙藏处，古树应无春到时。
谁把石崖齐划削，直教云气当帘帷。
良工画得犹宜秘，莫与凡夫肉眼窥。

【集评】吴之振等《宋诗钞》曰：诗雄劲有气焰，用意出人。

韩　驹 字子苍。蜀仙井监人。尝在许下从苏辙学，称其诗似储光羲。迁中书舍人兼修国史，权直学士院。

赠赵伯鱼

昔君叩门如啄木，深衣青纯帽方屋。

谓是诸生延入门，坐定徐言出公族。

尔曹气味那有此？要是胸中期不俗。

荆州早识高与黄，诵二子句声琅琅。

后生好学果可畏，仆常倦谈殊未详。

学诗当如初学禅，未悟且遍参诸方。

一朝悟罢正法眼，信手拈出皆成章。

【集评】刘克庄《后村诗话》曰：子苍蜀人，学出苏氏……其诗有磨淬剪截之功，终身改窜不已。有已写寄人数年而追取更易一两字者，故所作少而善。

题湖南清绝图

故人来从天柱峰，手提石廪与祝融。

两山坡陀几百里，安得置之行李中？

下有潇湘水清泻，平沙侧岸摇丹枫。

鱼舟已入浦溆宿，客帆日暮犹争风。

我方骑马大梁下，怪此物象不与常时同。

故人谓我乃绢素，粉精墨妙烦良工。

都将湖南万古愁，与我顷刻开心胸。

诗成画往默惘怅，老眼复厌京尘红。

【集评】吴之振等《宋诗钞》曰：密栗以幽，意味老淡，直欲别作一家。紫微引之入江西派，驹不乐也。

上泰州使君陈莹中

当年贤路杂熏莸，叹息诸公善自谋。

今日在前皆鼎镬，后来知我独春秋。

海边已击师襄磬，湖上新逢范蠡舟。

惟有书生更无事，不妨挟册便西游。

登赤壁矶①

缓寻翠竹白沙游，更挽藤梢上上头。

岂有危巢与栖鹘，亦为陈迹但飞鸥。

经营二顷将归老，眷恋群山为少留。

百日使君何足道，空余诗句在江楼。

① 题，《宋诗纪事》卷三十三作《游赤壁示何次仲》。

徐　积　字仲车。楚州山阳人。少孤，从安定学。除楚州教授，改防御推官。谥节孝处士。仲车有《大河上天章公顾子敦》五古一首，长数千字，冗长不录。

赠黄鲁直

不见故人弥有情，一见故人心眼明。
忘却问君船住处，夜来清梦绕西城。

【集评】苏轼曰：仲车，古之独行也，於陵仲子不能过。然其诗文则怪而放，如玉川子，此一反也。耳聩甚，画地为字，乃始通语。终日面壁坐，不与人接，而四方事无不周知其详，虽新且密，无不先知，此二反也。（《苕溪渔隐丛话》）

哭 张 六并序

张六子庄死矣。十一月十三日夜四更时，积用素服望其所居哭之，哭且为诗。明旦涕泣以书，使孤甥老老致于柩前。呜呼哀哉！

欲视目已瞑，欲语口已噤；
欲动肉已寒，欲书手已硬。
惟有心上热，惟存心中悲。
此热须臾间，此悲无休时。
所悲孤儿寒，所悲孤儿饥。
苦苦复苦苦，此悲遂入土。

卷第三

陈与义 字去非，号简斋。汝州叶县人。登上舍甲科，尝赋《墨梅》，受知徽宗，遂登册府。

和张矩臣水墨梅五绝录四①

巧画无盐丑不除，此花风韵更清姝。
从教变白能为黑，桃李依然是仆奴。

粲粲江南万玉妃，别来几度见春归。
相逢京洛浑依旧，唯恨缁尘染素衣。

含章檐下春风面，造化功成秋兔毫。
意足不求颜色似，前身相马九方皋。

自读西湖处士诗，年年临水看幽姿。
晴窗画出横斜影，绝胜前村夜雪时。

【评】末二首有神无迹。
【集评】刘克庄《后村诗话》曰：元祐后诗人迭起，一种则波澜富而句律疏，一种则锻炼精而性情远。要之不出苏、黄二体而已。及简斋出，始以老

---

① 张矩臣，《四部丛刊》本《增广笺注简斋诗集》作"张规臣"。

杜为师。《墨梅》之类,尚是少作;建炎以后,避地湖峤,行万里路,诗益奇壮。

方回《瀛奎律髓》曰:黄、陈,学老杜者也,嗣黄、陈而恢张悲壮者,陈简斋也。

寄若拙弟兼呈二十家叔

退之《送穷》穷不去,乐天待富富不来。
政须青山映黑发,顾著皂盖争黄埃。
何如父子共一壑,庞家活计良不恶。
阿奴况自不碌碌,白鸥之盟可同诺。
三间瓦屋亦易求,著子东头我西头。
中间共作老莱戏,世上乐复有此不?
问梦膏肓应已瘳,归来归来无久留。
竹林步兵非俗流,为道此意思同游。

【集评】吴澄《震翁诗序》曰:简斋古体自东坡氏,近体自后山氏,而神化之妙,简斋自简斋也。

次韵乐文卿北园

故园归计堕虚空,啼鸟惊心处处同。
四壁一身长客梦,百忧双鬓更春风。
梅花不是人间白,日色争如酒面红。
且复高吟置余事,此生能费几诗筒。

【评】五、六濡染大笔,百读不厌。

【集评】许印芳曰:三、四每句三层,用意在"长"字"更"字。(《瀛奎律髓汇评》)

春日二首

朝来庭树有鸣禽,红绿扶春上远林。

忽有好诗生眼底,安排句法已难寻。

【评】已开诚斋先路。

【集评】杨万里《跋陈简斋奉草》曰:诗风已上少陵坛。

忆看梅雪缟中庭,转眼桃梢无数青。

万事一身双鬓发,竹床欹卧数窗棂。

夏日集葆真池上以绿阴生昼静赋诗得静字

清池不受暑,幽讨起予病。

长安车辙边,有此荷万柄。

是身唯可懒,共寄无尽兴。

鱼游水底凉,鸟语林间静。

谈余日亭午,树影一时正。

清风不负客,意重百金赠。

聊将两鬓蓬,起照千丈镜。

微波喜摇人，小立待其定。

梁王今何许？柳色几衰盛。

人生行乐耳，诗律已其剩。

邂逅一尊酒，他年《五君咏》。

重期踏月来，夜半啸烟艇。

【评】宋人罕学韦、柳者，有之，以简斋为最。樊榭五古，专祈向此种。

【集评】《四库全书总目提要》曰：其诗虽源出豫章，而天分绝高，工于变化，风格遒上，思力沉挚，能卓然自辟蹊径。……至于湖南流落之余，汴京板荡以后，感时抚事，慷慨激越，寄托遥深，乃往往突过古人。

试院书怀

细读平安字，愁边失岁华。

疏疏一帘雨，淡淡满枝花。

投老诗成癖，经春梦到家。

茫然十年事，倚杖数栖鸦。

【评】樊榭五律，最高者亦学此种。

【集评】纪昀《瀛奎律髓刊误》曰：通体清老，结亦有味。

清　明

雨晴闲步涧边沙，行入荒林闻乱鸦。

寒食清明惊客意,暖风迟日醉梨花。

书生投老王官谷,壮士偷生漂母家。

不用秋千与蹴鞠,只将诗句答年华。

【集评】方回《瀛奎律髓》曰:三、四变体,又颇新异。呜呼,古今诗人当以老杜、山谷、后山、简斋四家为一祖三宗,余可预配飨者有数焉。

再登岳阳楼感赋诗

岳阳壮观天下传,楼阴背日堤绵绵。

草木相连南服内,江湖异态阑干前。

乾坤万事集双鬓,臣子一谪今五年。

欲题文字吊古昔,风壮浪涌心茫然。

【评】江水浊黄,湖水清碧,第四句七字写尽。五、六学杜而得其骨者。

【集评】方回《瀛奎律髓》曰:简斋《登岳阳楼》凡三诗,又有《巴丘书事》一诗,皆悲壮激烈……近逼山谷,远诣老杜。

春 寒

二月巴陵日日风,春寒未了怯园公。

海棠不惜胭脂色,独立濛濛细雨中。

【集评】胡应麟《诗薮》曰：陈去非诸绝，亦多本老杜，而不为已甚，悲壮感慨，时有可观处。

寻诗两绝句

楚酒困人三日醉，园花经雨百般红。
无人画出陈居士，亭角寻诗满袖风。

爱把山瓢莫笑侬，愁时引睡有奇功。
醒来推户寻诗去，乔木峥嵘明月中。

除夜次大光韵大光是夕婚

一杯节酒莫留残，坐看新年上鬓端。
只恐梅花明日老，夜瓶相对不知寒。

除夜不寐饮酒一杯明日示大光

万里乡山路不通，年年佳节百忧中。
催成客睡须春酒，老却梅花是晓风。

将至杉木铺望野人居

春风漠漠野人居，若使能诗我不如。

数株苍桧遮官道,一树桃花映草庐。

【集评】方回《瀛奎律髓》曰:简斋诗气势浑雄,规模广大。

谢 主 人

春禽劝我归,主人留我住。
一笑谢主人,我自无归处。
拟借溪边三亩春,结茅依树不依邻。
伐薪正可烦名士,分米何须待故人。

观 雨

山客龙钟不解耕,开轩危坐看阴晴。
前江后岭通云气,万壑千林送雨声。
海压竹枝低复举,风吹山角晦还明。
不嫌屋漏无干处,正要群龙洗甲兵。

【评】与石湖《龙津桥》作,貌异心同。

怀天经智老因访①

今年二月冻初融,睡起莒溪绿向东。

___

① 题,一本作《怀天经智老因访之》。

客子光阴诗卷里，杏花消息雨声中。

西庵禅伯还多病，北栅儒先只固穷。

忽忆轻舟寻二子，纶巾鹤氅试春风。

【评】视放翁之"杏花"，气韵偶乎远矣。

【集评】方回《瀛奎律髓》曰：以"客子"对"杏花"，以"雨声"对"诗卷"。一我一物，一情一景，变化至此，乃老杜"即今蓬鬓改，但愧菊花开"，贾岛"身事岂能遂，兰花又已开"，翻窠换臼，至简斋而益奇也。后山"老形已具臂膝痛，春事无多樱笋来"一联，极其酸苦，而此联有富贵闲雅之味。后山穷，简斋达，亦可觇云。

曾　幾　字吉甫。赣县人。徙河南，居茶山寺，自号茶山。官至秘书少监，权礼部侍郎，谥文清。《诗人玉屑》云：唐人诗喜以两句道一事，茶山诗中，多用此体。如"又从江北路，重到竹西亭"、"若无三日雨，那复一年秋"、"似知重九日，故放两三花"、"次第缮经集，教儿理在亡"、"又得新诗句，如闻謦欬音"、"如何万家县，不见一枝梅"，此格亦甚省力也。又云：陆放翁诗本于茶山，故赵仲白《题曾文清公诗集》云："清于月出初三夜，澹似汤烹第一泉。呦呦逼人门弟子，剑南已见一灯传。"谓放翁也。

三衢道中

梅子黄时日日晴，小溪泛尽却山行。

绿阴不减来时路，添得黄鹂四五声。

【集评】陆游《曾文清公墓志铭》曰：公治经学道之余，发于文章，雅正纯粹，而诗尤工。以杜甫、黄庭坚为宗，推而上之，由黄初、建安，以极于《离骚》、《雅》、《颂》、虞夏之际。

题访戴图

小艇相从本不期，剡中雪月并明时。
不因兴尽回船去，那得山阴一段奇。

【评】晋人行径，宁矫情翻案，决不肯人云亦云。
【集评】方回《瀛奎律髓》曰：嗣黄、陈而恢张悲壮者，陈简斋也；流动圆活者，吕居仁也；清劲洁雅者，曾茶山也。

茶　山

似病元非病，求闲方得闲。
残僧六七辈，败屋两三间。
野外无供给，城中断往还。
同行木上座，相与住茶山。

【集评】翁方纲《七言律诗钞》曰：南宋诸家，格高韵远，可上接香山，下开放翁者，其惟茶山乎？

壬戌岁除作明朝六十岁矣

禅榻萧然丈室空,熏销火冷闭门中。
光阴大似烛见跋,问学只如船逆风。
一岁临分惊老大,五更相守笑儿童。
休言四十明朝过,看取霜髯六十翁。

【评】第三句妙喻,第七句不可解。

【集评】方回《瀛奎律髓》曰:茶山清名满世,年且六十,犹曰"问学只如船逆风",后生可不勉诸!

发 宜 兴

老境垂垂六十年,又将家上铁头船。
客留阳羡只三月,归去玉溪无一钱。
观水观山都废食,听风听雨不妨眠。
从今布袜青鞋梦,不到张公即善权。

【评】茶山诗长处,有手挥目送之乐,如此诗第三联是也。

【集评】吴乔《围炉诗话》曰:宋时江西宗派多主山谷,江湖诗派专主茶山。

楼　钥　字大防，自号攻媿主人。鄞县人。官至资政殿大学士，谥宣献。

题孟东野听琴图因次其韵

谁欤住前溪，夜深以琴鸣。

天高豪气肃，月斜映疏星。

橡林助萧瑟，泉声激琮琤。

弹者人定佳，能使东野听。

束带不立朝，遥夜甘空庭。

龙眠发妙思，神交穷杳冥。

不见弹琴人，画出琴外声。

郊寒凛如对，作诗太瘦生。

恨不从之游，抚卷空含情。

【评】全从东野落想，是谓语无泛设。

【集评】吴之振等《宋诗钞》曰：诗雅赡有本，然往往浸淫于禅。

求仲抑招游山归途遇雨

竹舆绕湖滨，宿露尚厌浥。

径到玉岑下，坐久客始集。

起穿灵石山，万松介而立。

梅天气清润，空翠行可挹。

古藤几百年，枝蔓两山及。

见说暮春时，花紫红熠熠。

直疑老潜虬，初起夜来蛰。

俯玩岁寒泉，齿冷不敢吸。

相将上龙泓，尘鞅谢羁馽。

洞有灵兽居，临深心岌岌。

鱼游明镜中，巨浪无三级。

寒苔载水去，万顷润原隰。

濛濛山雨来，归仆鸟飞急。

野兴殊未已，日昃不暇给。

冲泥上湖船，雨阵遽奔袭。

飘风将急点，回旋惊四入。

中流盖荡兀，短篷不当笠。

停篙亦久之，怒势不少戢。

我徒方啸歌，弗为改豪习。

但耻瓶罍罄，莫问衣裳湿。

【评】押"及"韵如抛砖落地，从《左氏传》"师何及"句来。

石 门 洞

扁舟百里连城回，青山中断立两崖。

清都虎豹隐不见，但见阊阖排云开。

峰回失喜大飞瀑，声震万壑惊春雷。

掀髯目及九霄外，玉虹千丈飞空来。
一冬青女靳天雪，不知聚此山之隈。
传闻神龙卧其上，宝藏击碎真琼瑰。
胸中先自无尘埃，到此更觉心崔嵬。
天风为我嘘空翠，春水泻入骚人怀。
谪仙曾来写胜句，刘郎又为开天台。
我惭笔无挽牛力，醉墨满壁谁为裁？
或言龙湫更奇绝，佳山高处深云埋。
我方携筇往寻访，未知比此何如哉？

大 龙 湫

北上太行东禹穴，雁荡山中最奇绝。
龙湫一派天下无，万众赞扬同一舌。
行行路入两山间，踏碎苔痕地将折。
山穷路断脚力尽，始见银河落双阙。
矩罗宴坐看不厌，骚人弄词困搜抉。
谢公千载有遗恨，李杜复生吟不彻。
我游石门称胜地，未信此湫真卓越。
一来气象大不侔，石屏倚天惊鬼设。
飞泉直自天际来，来处益高声益烈。
汉地倒泻三峡流，到此谁能定优劣？
雁山佳趣须要领，一日尽游神恶亵。
骊龙高卧唤不应，自愧笔端无电掣。

轮囷潇索湍不怒，非雾非烟亦非雪。

我闻冻雨初霁时，喷击生风散空阔。

更期雨后再来看，净洗一生烦恼热。

【评】以上二诗有健句，但尚觉辞费。

句

几日惜春留不住，小鬟为我拾杨花。①

岳　飞　字鹏举。相州汤阴人。官至少保、河南北诸路招讨使。追封鄂王，谥武穆，改谥忠武。

池州翠微亭

经年尘土满征衣，特特寻芳上翠微。

好水好山看不足，马蹄催趁月明归。

———————

① 此联摘句未标题，据《四部丛刊》本楼钥《攻媿集》，题作"杨花"。

谢　逸　字幼槃，自号竹友。临川人。与兄逸并以诗文称，号
"二谢"。

夏日游南湖

麴尘裙与草争绿，象鼻筒胜琼作杯。
可惜小舟横两桨，无人催送莫愁来。

李　唐　字希古。河阳三城人。徽宗朝补入画院，建炎间授画
院待诏。

题　画

云里烟村雨里滩，看之容易作之难。
早知不入时人眼，多买燕脂画牡丹。

刘一止 字行简。归安人。绍兴中官至敷文阁直学士。尝以《晓行》诗著名,世号"刘晓行"。

小斋即事二首录一

怜琴为弦直,爱棋因局方。
未用较失得,那能记宫商。
我老世愈疏,一拙万事妨。
虽此二物随,不系有兴亡。

拱州道中

柳条明媚欲变色,便想春思浩无涯。
行人手挽不忍断,云此生意方萌芽。

【评】视伊川之面斥哲宗,颇相径庭。

冥冥寒食雨

冥冥寒食雨,客意向谁亲?
泉乱如争壑,花寒欲傍人。
生涯长刺促,老气尚轮囷。
不负年年债,清诗断送春。

葛立方 字常之。江阴人。登绍兴戊午进士，官至吏部侍郎。著有《韵语阳秋》。

避地伤春

一年春事又阑珊，可惜芳菲愁里看。
慎勿扫花供喂马，恼人秀色自堪餐。

王琮 字宗玉。钱唐人。官至直龙图阁。绍兴间避地居括苍。

题多景楼

秋满阑干晚共凭，残烟衰草最关情。
西风吹起江心浪，犹作当时击楫声。

王　铚　字性之。汝阴人。荐视秩史官，以忤秦桧遭摈。著有《默记》、《国老谈苑》、《侍儿小名录》。

春　近

山雪银屏晓，溪梅玉镜春。
东风露消息，万物有精神。
索莫贫游世，龙钟老迫身。
欲浮沧海去，风浪阔无津。

【评】语有精神。

郭祥正　字功父。当涂人。熙宁中以殿中丞致仕。梅圣俞见其诗以为李白后身。有《青山集》。

【评】案，功父气味才力，时近太白。视前清仲则、船山，似乎过之。

春日独酌

桃花不解饮，向我如情亲。
迎风更低昂，狂杀对酒人。
桃无十日花，人无百岁身。

竟须醒复醉,不负花上春。

江草绿未齐,林花飞已乱。
霁景殊可乐,阴云幸飘散。
且置百斛酒,醉倒落花畔。

怀　友

晚坐庭树下,凉飔经我怀。
亦有尊中物,佳人殊未来。
佳人隔重城,谁复为之侪?
瞻云云行天,步月月满阶。
想闻诵声作,奔腾泻江淮。

徐州黄楼歌寄苏子瞻

君不见彭门之黄楼,楼角突兀凌山邱。
云生露暗失柱础,日升月落当帘钩。
黄河西来骇奔流,顷刻十丈平城头。
浑涛春撞怒鲸跃,危堞仅若杯盂浮。
斯民嚣嚣坐恐化鱼鳖,刺史当分天子忧。
植材筑土夜运画,神物借力非人谋。
河还故道万家喜,匪公何以全吾州?
公来相基叠巨石,屋成因以黄名楼。

黄楼不独排河流，壮观弹压东诸侯。

重檐斜飞掣惊电，密瓦莹净蟠苍虬。

乘闲往往宴宾客，酒酣诗兴横霜秋。

沉思汉唐视陈迹，逆节怙险终何求？

谁令颈血溅砧斧，千载付与山河愁。

圣祖神宗仗仁义，中原一洗兵甲休。

朝廷尊崇郡县肃，彭门子弟长欢游。

长欢游，随五马。

但看红袖舞华筵，不愿黄河到楼下。

【评】侯韵能见其大。

句

四时之景皆可观，六月来游肤发寒。

有时下瞰北山雨，只道林林银竹竿。[1]

彼苍罪斯民，杀戮不以杖。《川涨》

---

[1] 此诗摘句未标题，据《四库全书》本《青山集》卷三，题作《宣州双溪阁夜宴呈太守余光禄》。

饶　节　*字德操。抚州人。为曾布客,与不合,去而为僧,自号倚松老人。*

【评】案,诗多禅语,非浅尝者比,然兹所不录。

偶　成

松下柴门闭绿苔,只有蝴蝶双飞来。
蜜蜂两股大如茧,应是前山花已开。

【集评】吕本中《紫薇诗话》曰:德操诗,萧散不减潘邠老,为僧后,诗更高妙不可及。

眠　石

静中与世不相关,草木无情亦自闲。
挽石枕头眠落叶,更无魂梦到人间。

晚　起

月落庵前梦未回,松间无限鸟声催。
莫言春色无人赏,野菜花开蝶也来。

句

已见毕星朝北极，似闻骁骑卷西凉。

孙　觌 *字仲益。尝提举鸿庆宫，故自号鸿庆居士。*

焦山吸江亭

昔年携客寄僧龛，败屋疏篱一草庵。
白首重来看修竹，连山楼观亦眈眈。

【评】觌五岁为东坡所器，而遽见焦山改观如此。

【集评】葛立方《韵语阳秋》曰：坡归宜兴，道由无锡洛社，尝至孙仲益家，仲益年在龆龀。坡曰："孺子习艺?"孙曰："学对属。"徐曰："衡门稚子璠玙器。"孙应对曰："翰苑神仙锦绣肠。"坡抚其背曰："真璠玙器也！异日不凡。"

句

句好无强对，神超有独邀。①

---

① 此联摘句未标题，据《鸿庆居士集》卷六，题作《题谷隐》。

王庭珪　字民瞻。庐陵人。官终国子监主簿。

送胡邦衡之新州贬所

囊封初上九重关，是日清都虎豹闲。
百辟动容观奏牍，几人回首愧朝班。
名高北斗星辰上，身堕南州瘴海间。
不待他年公议出，汉廷行召贾生还。

【集评】方回《瀛奎律髓》曰：绍兴八年戊午十一月，编修胡公铨，字邦衡，以和议奏封事乞斩王伦、秦桧、孙近。黜，十一年谪新州，卢溪作是诗送之。

张　纲　字彦正。丹阳人。官至资政殿学士。乾道二年卒。

次韵李道士观南山三首录一

山似围屏六曲开，小溪如带傍山来。
结庐溪北对山住，俗驾何妨且勒回。

江端友　字子我。陈留人。官至太常少卿。

韩　碑

淮西功业冠吾唐，吏部文章日月光。

千载断碑人脍炙，不知世有段文昌。

【集评】陈岩肖《庚溪诗话》曰：绍圣、元符间，党禁兴，毁东坡《上清储祥宫碑》，命蔡京别为之，正如唐时仆韩退之《平淮西碑》，命段文昌改作，后人有诗云云。

寇国宝　字荆山。徐州人。绍圣中吴县主簿。

题闾门外小寺壁

黄叶西陂水漫流，蘧篨风急滞扁舟。

夕阳暝色来千里，人语鸡声共一丘。

【评】国宝为后山入室弟子，读此殆无愧色。

【集评】陈师道《赠国宝》曰：承家从昔如君少，得士于君孰我先。口拟说诗心已解，世间快马不须鞭。

叶梦得《石林诗话》曰：此诗尤佳。从苏、黄门庭中来，固自不同。

石　悫 字敏若。芜湖人。宣和间官教授。

绝　句

来时万缕弄轻黄，去日飞球满路旁。
我比杨花更飘荡，杨花只是一春忙。

吕希哲 字原明。公著子。徽宗朝知曹州。

绝　句

老读文书兴易阑，须知养病不如闲。
竹床瓦枕虚堂上，卧看江南雨后山。

叶　适　字正则。温州永嘉人。淳熙五年进士，为节度判官，以荐召为博士，兼实录检讨官，以宝文阁学士卒。

余泛舟不能具舫创为隆篷加牖户焉

虽然一桨匆匆去，也要身宽对好山。
新拗篷窗高似屋，诸峰献状住中间。

【集评】吴子良《林下偶谈》曰：水心诗早已精严，晚尤高远。
吴之振等《宋诗钞》曰：诗用工苦而造境生，皆镕液经籍，自见天真。

王　炎　字晦叔。新安婺源人。登乾道进士，出守湖州。

双溪种花

双溪渐有杂花开，每日扶筇到一回。
胜似名园空锁闭，主人至老不归来。

苍头为我劚西山，扶病移花强自宽。
纵不为花长作主，何妨留与后人看。

【集评】吴之振等《宋诗钞》曰：诗颇为世所称，然亦多庸调。

唐 庚 字子西。眉州丹棱人。官承议郎提举。

张 求

张求一老兵,着帽如破斗。
卖卜益昌市,性命寄杯酒。
骑马好事人,金钱投瓮牖。
一语不假借,意自有臧否。
鸡肋乃安拳,未省怕嗔殴。
坐此益寒酸,饿理将入口。
未死且强项,那暇顾炙手。
士节久凋丧,舐痔甜不呕。
求岂知道者,议论无所苟。
吾宁从之游,聊以激衰朽。

【评】工于造句。

【集评】吴之振等《宋诗钞》曰:结束精悍,体正出奇,芒焰在简淡之中,神韵寄声律之外。

白 鹭

说与门前白鹭群,也知从此断知闻。
诸君有意除钩党,甲乙推求恐到君。

【评】末句可入《世说新语》。

醉　眠

山静似太古，日长如小年。
余花犹可醉，好鸟不妨眠。
世味门常掩，时光簟已便。
梦中频得句，拈笔又忘筌。

刘子翚 字彦冲。以父恰任授承务郎辟幕属。归隐屏山，学者
称屏山先生。

刘兼道猎

刘侯好猎亲驰逐，指呼双犬如奴仆。
朝冲唐石乱云来，暮听潭溪流水宿。
何如著鞭走大梁，我亦与子同翱翔。
今年猎叛醢彭越，明年猎胡靶德光。

【评】末二语奇横。
【集评】朱熹《屏山集跋》曰：先生文辞之伟，固足以惊一世之耳目，然其
精微之学，静退之风，形于文墨，有足以发蒙蔽而销鄙吝之心者，尤览者所

宜尽心也。

范成大 字致能。吴郡人。绍兴擢进士第,官至参知政事。宋代中朝大官工诗者。

晚　潮

东风吹雨晚潮生,叠鼓催船镜里行。
底事今年春涨小? 去年曾与画桥平。

【集评】陈衍《宋十五家诗选》曰:范石湖取境雅瘦,力排丰缛;然气韵自腴,故高峭而不寒俭。

与正夫朋元游陈侍御园

沙际春风转物华,意行聊复到君家。
年年我是重来客,处处梅皆旧识花。
官减不妨诗事业,地寒犹办醉生涯。
城中马上那知此,尘满长裾席帽斜。

【集评】尤袤曰:近世人士喜宗江西,温润有如范致能乎? 痛快有如杨廷秀乎? 高古如萧东夫,俊逸如陆务观,是皆自出机轴,亶有可观者,又奚

以江西为？（姜夔《白石道人诗集序》）

龙 津 桥

燕石扶栏玉雪堆，柳塘南北抱城回。
西山剩放龙津水，留待官军饮马来。

画工季友直为余作冰天桂海二图冰天画使北渡黄河时桂海画佛子游岩道中也戏题①

许国无功浪着鞭，天教饱识汉山川。
酒边蛮舞花低帽，梦里胡笳雪没鞯。
收拾桑榆身老矣，追随萍梗意茫然。
明朝重上归田奏，更放岷山万里船。

乙未元日用前韵书怀今年五十矣

浮生四十九俱非，楼上行藏与愿违。
纵有百年今过半，别无三策但当归。
定中久已安心竟，饱外何须食肉飞。
若使一丘并一壑，还乡曲调尽依稀。

---

① 《四部丛刊》本《石湖居士诗集》卷十四，季友直，作"李友直"；使北，作"使北虏"；佛子游岩，作"游佛子岩"。

【集评】查慎行曰：五、六恬退，语却气概飞扬。（《瀛奎律髓汇评》）

纪昀《瀛奎律髓刊误》曰：纯作宋调，语自清圆。虽不免于薄，而胜吕居仁、曾茶山辈多矣。

判 命 坡

钻天岭上已飞魂，判命坡前更骇闻。

侧足二分垂坏磴，举头一握到孤云。

微生敢列千金子，后祸犹几万石君。

早晚北窗寻噩梦，故应含笑老榆枌。

【评】三、四对仗，工力悉敌。

【集评】吴之振等《宋诗钞》曰：其诗缛而不酿，缩而不窘。新清妩媚，奄有鲍谢；奔逸俊伟，穷追太白。

望 乡 台

千山已尽一峰孤，立马行人莫疾驱。

从此蜀川平似掌，更无高处望东吴。

【集评】费经虞《雅伦》曰：石湖与放翁齐名，清新藻丽，然才亚于放翁。

鄂州南楼

谁将玉笛弄中秋，黄鹤飞来识旧游。
汉树有情横北渚，蜀江无语抱南楼。
烛天灯火三更市，摇月旌旗万里舟。
却笑鲈江垂钓手，武昌鱼好便淹留。

【集评】方回《瀛奎律髓》曰："烛天灯火三更市"，承平时鄂渚之盛如此！
纪昀《瀛奎律髓汇评》曰：声调自好，然而浮声多于切响矣。

春　晚

荒园萧瑟懒追随，舞燕啼莺各自私。
窗下日长多得睡，樽前花老不供诗。
吾衰久矣双蓬鬓，归去来兮一钓丝。
想见篱东春涨动，小舟无伴柳丝垂。

四时田园杂兴六十首录二①

社下烧钱鼓似雷，日斜扶得醉翁回。

---

① 《石湖居士诗集》卷二十七载《四时田园杂兴六十首并引》，引云："淳熙丙午，沉疴少纾，
复至石湖旧隐，野外即事，辄书一绝，终岁得六十篇，号《四时田园杂兴》。"六十篇分《春
日田园杂兴十二绝》、《晚春田园杂兴十二绝》、《夏日田园杂兴十二绝》、《秋日田园杂兴
十二绝》、《冬日田园杂兴十二绝》。此二首乃《春日田园杂兴十二绝》中之五、六。

青枝满地花狼藉,知是儿孙斗草来。

骑吹东西里巷喧,行春车马闹如烟。
系牛莫碍门前路,移系门西碌碡边。

【评】此首置之诚斋集中,无能辨者。

【集评】吴沆《环溪诗话》曰:且如农桑樵牧之诗,当以《毛诗·豳风》及石湖《田园杂兴》比熟看。

方岳《深雪偶谈》曰:范石湖《田园杂兴》,验物切近,但句律太费力气,于唐人之藩尚窘步焉。

宋长白《柳亭诗话》曰:范石湖《四时田园杂兴》诗,于陶、柳、王、储之外,别设樊篱。王载南评曰:"纤悉毕登,鄙俚尽录,曲尽田家况味。"

夏日田园杂兴十二绝_{录一}

昼出耘田夜绩麻,村庄儿女各当家。
小童未解供耕织,也傍桑阴学种瓜。

朱　熹　字元晦,一字仲晦。徽州婺源人。官至焕章阁待制。

观书有感二首

半亩方塘一鉴开,天光云影共徘徊。

问渠那得清如许？为有源头活水来。

昨夜江边春水生，蒙冲巨舰一毛轻。
向来枉费推移力，此日中流自在行。

【集评】王柏曰：前首言日新之功，后首言力到之效。（《濂洛风雅》）

鹅湖寺和陆子寿

德义风流夙所钦，别离三载更关心。
偶扶藜杖出寒谷，又枉篮舆度远岑。
旧学商量加邃密，新知培养转深沉。
却愁说到无言处，不信人间有古今。

【集评】盛如梓《庶斋老学丛谈》曰：晦庵、象山二先生，不惟以书往复辨论无极，鹅湖倡和，尤见旨趣。

崇寿客舍夜闻子规得三绝句写呈平父兄烦为转寄彦集兄及两县间诸亲友

空山初夜子规鸣，静对琴书百虑清。
唤得形神两超越，不知底是断肠声。

空山中夜子规啼，病怯余寒觅故衣。

不为明时堪眷恋,久知歧路不如归。

空山后夜子规号,斗转星移月尚高。
梦里不知归未得,已驱黄犊度寒皋。

【集评】吴之振等《宋诗钞》曰:虽不役志于诗,而中和条贯,浑涵万有,无事模镂,自然声振,非浅学之所能窥。

淳熙甲辰仲春
精舍闲居戏作武夷櫂歌十首
呈诸同游相与一笑

武夷山上有仙灵,山下寒流曲曲清。
欲识个中奇绝处,櫂歌闲听两三声。

一曲溪边上钓船,幔亭峰影蘸晴川。
虹桥一断无消息,万壑千岩锁翠烟。

二曲亭亭玉女峰,插花临水为谁容?
道人不复荒台梦,兴入前山翠几重。

四曲东西两石岩,岩花垂露碧毵毵。
金鸡叫罢无人见,月满空山水满潭。

九曲将穷眼豁然,桑麻雨露见平川。

渔郎更觅桃源路，除是人间别有天。

【评】晦翁登山临水，处处有诗，盖道学中之最活泼者。然诗语终平平无奇，不如选其寓物说理而不腐之作。

周必大　字子充，一字洪道。庐陵人。官至参知政事、枢密使，封益国公。

行舟忆永和兄弟

一挂吴帆不计程，几回系缆几回行。
天寒有日云犹冻，江阔无风浪自生。
数点家山常在眼，一声寒雁正关情。
长年忽得南来鲤，恐有音书作急烹。

【集评】吴之振等《宋诗钞》曰：诗格澹雅，由白傅而溯源浣花者也。

己丑二月七日雨中读汉元帝纪效乐天体

昭君颜如花，万里度鸡漉。
古今罪画手，妍丑乱群目。
谁知汉天子，祛服自列屋。

有如公主亲，尚许穹庐辱。

况乃嫔嫱微，未得当獯鬻。

奈何弄文士，太息争度曲。

生传琵琶声，死对青冢哭。

向令老后宫，安得载简牍？

一时抱微恨，千古留剩馥。

因嗟当时事，贤佞手反复。

守道萧傅死，效忠京房戮。

史臣一张纸，此外谁复录？

有琴何人操？有冢何人宿？

重色不重德，聊以砭世俗。

入直召对选德殿赐茶而退

绿槐夹道集昏鸦，敕赐传宣坐赐茶。

归到玉堂清不寐，月钩初上紫薇花。

【评】此可与李卫公"月中清露点朝衣"一首同推清绝。

过邬子湖

万顷湖光似镜平，蜿蜒得得导舟行。

从来仕路风波恶，却是江神不世情。

腊旦大雪运使何同叔送羊羔酒拙诗为谢

未雪冰厨已击鲜，雪中从事到君前。
浅斟未办销金帐，快泻聊凭药玉船。
醉梦免教园踏菜，富儿休诧馔罗羶。
烂头自合侯关内，何必移封向酒泉。

【评】益公诗喜次韵，喜用典，盖达官之好吟咏者。

尤　袤　字延之。无锡人。官至礼部尚书。方万里云：宋中兴来，言诗必曰尤、杨、范、陆。诚斋时出奇峭，放翁善为悲壮，公与石湖，冠冕佩玉，度骚婉雅。

送吴待制守襄阳

待制名环，吴琚之弟，高宗吴后之侄。

方持紫橐侍西清，忽领雄藩向外行。
谁谓风流贵公子，甘为辛苦一书生。
词源笔下三千牍，武库胸中十万兵。
从此君王宽北顾，山南东道得长城。

【评】酬应之作，然三、四下语有分寸。

【集评】方回《瀛奎律髓》曰：尤遂初诗，初看似弱，久看却自圆熟，无一斧一斤痕迹也。

纪昀《瀛奎律髓刊误》曰：亦潦倒应酬语。

题米元晖潇湘图

万里江天杳霭，一村烟树微茫。
只欠孤篷听雨，恍如身在潇湘。

淡淡晓山横雾，茫茫远水平沙。
安得绿蓑青笠，往来泛宅浮家。

萧德藻 字东夫。闽清人。尝为乌程令。自号千岩老人。杨诚斋序云："诗人若范致能之清新，尤梁溪之平淡，陆放翁之敷腴，萧千岩之工致，皆余所畏也。"

古梅二首

湘妃危立冻蛟脊，海月冷挂珊瑚枝。
丑怪惊人能妩媚，断魂只有晓寒知。

【评】梅花诗之工,至此可叹观止,非和靖所想得到矣。

百千年藓着枯树,三两点春供老枝。绝壁笛声那得到,只愁斜日冻蜂知。

【评】首二句,可作前一首注解。

【集评】刘克庄《后村诗话》曰:萧千岩机杼与诚斋同,但才悭于诚斋,而思加苦,亦一生屯蹇之验。

次韵傅惟肖

竹根蟋蟀太多事,唤得秋来篱落间。
又过暑天如许久,未偿诗债若为颜?
肝肠与世苦相反,岩壑嗔人不早还。
八月放船飞样去,芦花丛外数青山。

【评】字字锻炼。

【集评】方回《瀛奎律髓》曰:其诗苦硬顿挫而极其工。五、六一联,诸公并不能及。起句奇峭。

纪昀《瀛奎律髓刊误》曰:起二句好,中四句太粗野。

登岳阳楼

不作苍茫去,真成浪荡游。
三年夜郎客,一柂洞庭秋。

得句鹭飞处,看山天尽头。
犹嫌未奇绝,更上岳阳楼。

【评】作者手笔,直兼长吉、东野、阆仙而有之,卢仝长短句不足况,宜诚斋之一见推许也。

句

乾坤生长我,贫病怨尤谁?
秋浩荡中遥指点,一螺许是定王城。
稚子推窗窥过雁,数峰乘隙入西窗。
秋阳直为田家计,饶得渔村一抹红。[①]

陈傅良 字君举。居温州瑞安县。宁宗初除中书,与朱子同朝,疏留朱子,为韩侂胄所忌,诋学术不正,遂罢去。杜门居一室,曰止斋。嘉泰二年,复提举江州。起知泉州,力辞,授宝谟阁待制。

止斋曲廊初成

但酒胜如水,但花胜如草。

---

① 此四联摘句引自《宋诗纪事》卷五十,署其出处为《后村诗话》,未标诗题。

小廊曲通幽，竹椽亦良好。

止斋十数间，足以便衰老。

檐低远风露，地窄易泛扫。

浅溪浮薄舫，短屏糊旧藁。

著书仅玄《易》，过客多韦绹。

于中榜退思，谁其谅深抱？

吾思亦已晚，吾退盍更早。

怀哉彭泽令，仰止商山皓。

维渊有潜龙，维岳有藏宝。

煌煌暮春堂，三字落穹昊。

昭回际南极，镇抚及东岛。

胡然乃在斯，夙夜惧不保。

鬼神无世情，呵护必有道。

【集评】吴之振等《宋诗钞》曰：研精经史，贯穿百氏，以斯文为己任，故其诗格亦苍劲，得少陵一体云。

用前韵招蕃叟弟①

细看物理愁如海，遥想朋从眼欲花。

逆水鱼儿冲断岸，贪泥燕子堕危沙。

百年乔木参天上，一昔平芜着处佳。

行乐不妨随邂逅，我无官守似蚯蛙。

---

① 题，《四库全书》本陈傅良《止斋集》卷五作《用前韵招蕃招弟仍和蕃叟癸卯二绝》。

落花风雨奈愁何？愁亦不应缘落花。
尚可流觞追曲水，底须占鵬似长沙。孟夏事。
无人晤语鸟乌乐，为我食贫蒌笋佳。
休说关河无限恨，腹非空怒道旁蛙。

寄陈同甫

古来材大难为用，纳纳乾坤着几人。
但把鸡豚燕同社，莫将鹅鸭恼比邻。
世非文字将安托，身与儿孙竟孰亲？
一语解纷吾岂敢，只应行道亦酸辛。

【评】经过忧患，乃有此忠告。

送卢郎中国华赴闽宪

相望千里马牛风，联事湖湘各已翁。
造次便呼儿女见，绸缪略与弟兄同。
百年又是梅花发，万事何如荔子红？
欲附使轺嗟不及，却怜身在俊躔中。

杨万里 字廷秀。吉州吉水人。中绍兴进士,官江东转运,总领淮西、江东。

题湘中馆二首_{录一}

江欲浮秋去,山能渡水来。
娭隅蛮语杂,欸乃楚声哀。
寒早当缘闰,诗成未费才。
愁边正无奈,欢伯一相开。

【评】惟其有才,自不觉费。

【集评】周必大《次韵杨廷秀待制寄题朱氏涣然书院》曰:诚斋万事悟活法。

刘克庄《江西诗派小序》曰:诚斋出,真得所谓活法,所谓流转圜美如弹丸者。

癸未上元后永州夜饮赵敦礼竹亭闻蛙醉吟

茆亭夜集俯万竹,初月未光让高烛。
主人酒令来无穷,恍然堕我醉乡中。
草间蛙声忽三两,似笑吾人悭酒量。
只作蛙听故自佳,何须更作鼓吹想。
尚忆同登万石亭,倚栏垂手望寒青。
只今真到寒青里,吾人不饮竹不喜。

过百家渡四绝句 录一

园花落尽路花开,白白红红各自媒。
莫问早行奇绝处,四方八面野香来。

【集评】姜夔《送朝天续集归诚斋时在金陵》曰:箭在的中非尔力,风行水上自成文。

和仲良春晚即事

欲与东风说,休吹堕絮飞。
吾行正无定,魂梦岂忘归?
花暖能醺眼,山浓欲染衣。
只嫌春已老,此景也应稀。

【评】语未了便转,诚斋秘诀。

贫难聘欢伯,病敢跨连钱。
梦岂花边到? 春俄雨里迁。
一犁关五秉,百箔候三眠。
只有书生拙,穷年垦纸田。

【集评】方回《瀛奎律髓》曰:"连钱"、"纸田",用韵好胜之过。"一犁"、"五秉"、"百箔"、"三眠",凑合亦佳,但恐少年作未自然,学诗者不可不由此入也。

> 笋改斋前路,蔬眠雨后畦。
>
> 晴江明处动,远树看来齐。
>
> 我语真雕朽,君诗妙斫泥。
>
> 殷勤报春去,恰恰一莺啼。

三月三日雨作遣闷绝句录一①

> 村落寻花捋地无,有花亦自只愁予。
>
> 不如卧听春山雨,一阵繁声一阵疏。

贺澹庵先生胡侍郎新居落成二首录一

> 清庙欹斜一笑扶,归来四壁亦元无。
>
> 可怜拙计输余子,住破僧房始结庐。
>
> 三径非遥人自远,万间不恶我何须?
>
> 冥搜善颂终难好,贺厦真成燕不如。

【集评】韩淲《杨秘监江东集》曰:句句多般都有格,篇篇出众不趋时。

项安世《题刘都监所藏杨秘监诗卷》曰:醉语梦书辞总巧,生擒活捉力都任。雄吞诗界前无古,新创文机独有今。

---

① 题,《四部丛刊》本《诚斋集》卷三"绝句"前有"十"字。

都下无忧馆小楼春尽旅怀二首

病眼逢书不敢开，春泥谢客亦无来。
更无短计消长日，且绕栏干一百回。

【评】次句亦语未了便转。

不关老去愿春迟，只恨春归我未归。
最是杨花欺客子，向人一一作西飞。

【评】首二语亦未了便转者。

彦通叔祖约游云水寺二首_{录一}

竹深草长绿冥冥，有路如无又断行。
风亦恐吾愁路远，殷勤隔雨送钟声。

【评】山行真有此情。

闲居初夏午睡起二绝句_{录一}

梅子留酸软齿牙，芭蕉分绿与窗纱。
日长睡起无情思，闲看儿童捉柳花。

【集评】周密《浩然斋雅谈》曰：极有思致。诚斋亦自语人曰："工夫只在一捉字上"。

次日醉归

日晚颇欲归，主人苦见留。

我非不能饮，老病怯觥筹。

人意不可违，欲去且复休。

我醉彼自止，醉亦何足愁。

归路意昏昏，落日在岭陬。

竹里有人家，欲憩聊一投。

有叟喜我至，呼我为君侯。

告以我非是，俛笑仍掉头。

机心久已尽，犹有不下鸥。

田父亦外我，我老谁与游？

【评】此田父，不如泥饮少陵之田父之时髦。

送周仲觉访来又别

酒边诗里久尘埃，见子令人病眼开。

无夕不谈谈不睡，看薪成火火成灰。

小留差胜匆匆别，欲去何如莫莫来？

渠故功名我岩壑，老身谁子共归哉？

夏夜追凉

夜热依然午热同,开门小立月明中。
竹深树密虫鸣处,时有微凉不是风。

【评】若将末三字掩了,必猜是说什么风矣,岂知其不是哉?

有 叹

老来无面见毛锥,犹把闲愁付小诗。
君道愁多头易白,鹭鸶从小髻成丝。

听 雨

归舟昔岁宿严陵,雨打疏篷听到明。
昨夜茅檐疏雨作,梦中唤作打篷声。

丁酉四月一日之官毗陵舟行
阻风宿稠陂江口

虫声两岸不堪闻,把烛销愁且一尊。
谁宿此船愁似我?船篷犹带烛烟痕。

【评】水宿情况，今人不复知矣。

余昔岁归舟经此水涸舟胶旅情甚恶①

归舟曾被此滩留，说着招贤梦亦愁。
五月雪飞人不信，一来滩下看涛头。

新　柳

柳条百尺拂银塘，且莫深青只浅黄。
未必柳条能蘸水，水中柳影引他长。

【评】用心而不吃力。
【集评】潘定桂《读杨诚斋诗集》曰：每于人巧俱穷处，直把天工掇拾来。

寒食雨作

双燕冲帘报禁烟，唤惊昼梦耸诗肩。
晚寒政与花为地，晓雨能令水作天。
桃李海棠聊病眼，清明寒食又今年。
老来不办雕新句，报答风光且一篇。

---

① 题，《四部丛刊》本《诚斋集》卷八作《过招贤渡》。此为其诗小序，编者误以为题。

【评】三、四"天"、"地"作封,工而自然。

池 亭

小沼才阶下,孤亭恰水边。

揩磨一玉镜,上下两青天。

可惜无多水,难堪着钓船。

今年非不暑,每到每醒然。

【评】三、四巧而便。

【集评】翁方纲《石洲诗话》曰:诚斋之诗,巧处即其俚处。

春 草

天欲游人不踏尘,一年一换翠茸茵。

东风犹自嫌萧索,更遣飞花绣好春。

年年春色属垂杨,金捻千丝翠万行。

今岁草芽先得计,搀他浓翠夺他黄。

竹阴小憩①

不但先生倦不苏,仆夫也自要人扶。

_____

① 题,《四部丛刊》本《诚斋集》卷十三作《松阴小憩》。

青松数了还重数，只是从前八九株。

五更过无锡县寄怀范参政尤侍郎

苏州欲见石湖老，到得苏州发更早。
锡山欲见尤梁溪，过却锡山元不知。
起来灵岩在何许？回首惠山亦何处？
人生万事不可期，怏然却向常州去。

晚　风

晚日暄温稍霁威，晚风豪横大相欺。
做寒做冷何须怒，明早一霜谁不知。

【评】作白话诗当学诚斋，看其种种不直致法子。

【集评】陈衍《石遗室诗话》曰：宋诗人工于七言绝句而能不袭用唐人旧调者，以放翁、诚斋、后村为最。大抵浅意深一层说，直意曲一层说，正意反一层、侧一层说。

晚风不许鉴清漪，却许重帘到地垂。
平野无山遮落日，西窗红到月来时。

初入淮河四绝句

船离洪泽岸头沙，人到淮河意不佳。
何必桑乾方是远，中流以北即天涯。

【评】淮以北久陆沉矣。

刘岳张韩宣国威，赵张二将筑皇基。
长淮咫尺分南北，泪湿秋风欲怨谁？

【评】此四首皆写南渡后中国百姓之可怜。

两岸舟船各背驰，波痕交涉亦难为。
只余鸥鹭无拘管，北去南来自在飞。

【评】可以人而不如鸥鹭乎？

中原父老莫空谈，逢着王人诉不堪。
却是归鸿不能语，一年一渡到江南。

【评】可以人而不如鸿乎？

晓过丹阳县

风从船里出船前，涨起帘帏紫拂天。
点检风来无处觅，破窗一隙小于钱。

鸡犬渔翁共一船，生涯都在箬篷间。
小儿不耐初长日，自织筠篮胜打闲。

【集评】李树滋《石樵诗话》曰：用方言入诗，唐人诚有之。用俗语入诗，始于宋人，而要莫善于杨诚斋。

泊平江百花洲

吴中好处是苏州，却为王程得胜游。
半世三江五湖棹，十年四泊百花洲。
岸旁杨柳都相识，眼底云山苦见留。
莫怨孤舟无定处，此身自是一孤舟。

题沈子寿旁观录

逢著诗人沈竹斋，丁宁有口不须开。
被渠谱入旁观录，四马如何挽得回！

宿池州齐山寺即杜牧之九日登高处

我来秋浦正逢秋，梦里重来似旧游。
风月不供诗酒债，江山长管古今愁。
谪仙狂饮颠吟寺，小杜倡情冶思楼。
问着州民浑不识，齐山依旧俯寒流。

齐山五洞，其一曰妙峰。峰下有山谷。

池口移舟入江再泊十里头潘家湾阻风不止

北风五日吹江练，江底吹翻作江面。
大波一跳入天半，粉碎银山成雪片。
五日五更无停时，长江倒流都上西。
计程一日二千里，今逾滟滪到峨眉。
更吹两日江必竭，却将海水来相接。
老夫早知当陆行，错料一帆超十程。
如今判却十程住，何策更与阳侯争。
水到峨眉无去处，下梢不到忘归路。
我到金陵水自东，只恐从此无南风。

【评】写逆风全就江水西流着想，惊人语乃未经人道矣。

舟中排闷

江流一直还一曲,淮山一起还一伏。
江流不肯放人行,淮山只管留人宿。
老夫一出缘秋凉,半涂秋热难禁当。
却借楼船顺流下,逆风五日殊未央。
老夫平生行此世,不自为政听天地。
只今未肯放归程,安知天意非奇事?
平生爱诵谪仙诗,百诵不熟良独痴。
舟中一日诵一首,诵得遍时应得归。

八月十三日望月①

才近中秋月已清,鸦青幕挂一团冰。
忽然觉得今宵月,元不粘天独自行。

【评】此写出极明之月也。

早 春

还家五度见春容,长被春容恼病翁。

---

① 题,《四部丛刊》本《诚斋集》卷三十七作《八月十二日夜诚斋望月》。

高柳下来垂处绿，小桃上去末梢红。
卷帘亭馆酣酣日，放杖溪山款款风。
更入新年足新雨，去年未当好时丰。

【评】三、四写桃柳一上一下，可谓体物浏亮。

进退格寄张功父姜尧章

尤萧范陆四诗翁，此后谁当第一功？
新拜南湖为上将，更牵白石作先锋。
可怜公等俱痴绝，不见词人到老穷？
谢遣管城侬已晓，酒泉端欲乞移封。

舟过黄田谒龙母护应庙

远山相别忽相寻，水到黄田渐欲深。
见说前头山更好，且留好句未须吟。

舟过谢潭

碧酒时倾一两杯，船门才闭又还开。
好山万皱无人见，都被斜阳拈出来。

春晴怀故园海棠

故园今日海棠开，梦入江西锦绣堆。
万物皆春人独老，一年过社燕方回。
似青如白天浓淡，欲堕还飞絮往来。
无奈春光餐不得，遣诗招入翠琼杯。

竹边台榭水边亭，不要人随只独行。
乍暖柳条无气力，淡晴花影不分明。
一番过雨来幽径，无数新禽有喜声。
只欠翠纱红映肉，两年寒食负先生。
予去年正月离家之官，盖两年不见海棠矣。

峡山寺竹枝词

一滩过了一滩奔，一石横来一石蹲。
若怨古来天设险，峡山不过也由君。

【评】末句用吞笔，似他人所未有。

天齐浪自说浯溪，峡与天齐真个齐。
未必峡山高尔许，看来只恐似天低。

过五里径

野水奔来不小停，知渠何事大忙生。
也无一个人催促，自爱争先落涧声。

明发房溪

青天白日十分晴，轿上萧萧忽雨声。
却是松梢霜水落，雨声那得此声清！

题太和主簿赵昌父思隐堂

西昌主簿如禅僧，日餐秋菊嚼春冰。
西昌府舍如佛屋，一物也无唯有竹。
俸钱三月不曾支，竹阴过午未晨炊。
大儿叫怒小儿啼，乃翁对竹方哦诗。
诗人与竹一样瘦，诗句与竹一样秀。
故山苍玉捶绿云，月梢风叶最关身。
劝渠未要思旧隐，且与西昌作好春。

二月一日晓渡太和江

晓翠妨人看远山，小风偏入客衣单。

桃花爱做春寒信,只恐桃花也自寒。

题钟家村石崖

水与高崖有底冤,相逢不得镇相喧。
若教渔父头无笠,只着蓑衣便是猿。

【评】末七字使人失笑。

暮泊鼠山闻明朝有石塘之险

下水船逢上水船,夕阳仍更涩沙滩。
雁来野鸭却惊起,我与舟人俱仰看。
回望雪边山已远,如何篷底暮犹寒?
今朝莫说明朝路,万石堆心一急湍。

【评】三、四似不对,而实无字不对。流水句似此,方非趁笔。
【集评】吴之振等《宋诗钞》曰:后村谓放翁学力也,似杜甫;诚斋天分也,似李白。盖落尽皮毛,自出机杼,古人之所谓似李白者,入今之俗目,则皆俚嗼也。

送乡僧德璘监寺缘化结夏归天童山

七百支郎夜忍饥,木鱼闭口等君归。

还山大众空欢喜，只有诚斋两首诗。

【集评】赵翼《瓯北诗话》曰：放翁与杨诚斋同以诗名，诚斋专以俚言俗语阑入诗中，以为新奇；放翁则一切扫除，不肯落其窠臼。

陆　游　字务观。越州山阴人。荫补登仕郎，赐进士出身，同修三朝国史实录，升宝章阁待制致仕。封渭南伯。

寄酬曾学士学宛陵先生体比得书云所寓广教僧舍有陆子泉每对之辄奉怀

庭中下午鹊，门外传远书。
小印红屈蟠，两端黄蜡涂。
开缄展矮纸，滑细疑卵肤。
首言劳良苦，后问逮妻孥。
中间勉以仕，语意极勤渠。
字如老瘠竹，墨淡行疏疏。
诗如古鼎篆，可爱不可摹。
快读醒人意，垢痒逢爬梳。
细读味益长，炙毂出膏腴。
行吟坐卧看，废食至日晡。
想见落笔时，万象听指呼。

亦知题诗处，绿井石发粗。
公闲计有客，煎茶置风炉。
倘公无客时，濯缨亦足娱。
井名本季疵，思人理岂无？
居然及贱子，愧谢恩意殊。
几时得从公，旧学锄荒芜。
古文讲声形，误字辨鲁鱼。
时时酌井泉，露芽奉瓢盂。
不知公许否？因风报何如。

【评】此诗学宛陵，翁已自道，真学得到家。

【集评】赵翼《瓯北诗话》曰：放翁诗凡三变：宗派本出于杜，中年以后，则益自出机杼，尽其才而后止。……及乎晚年，则又造平淡，并从前求工见好之意，亦尽消除，所谓"诗到无人爱处工"者，刘后村谓其"皮毛落尽"矣，此又诗之一变也。

新夏感事

百花过尽绿阴成，漠漠炉香睡晚晴。
病起兼旬疏把酒，山深四月始闻莺。
近传下诏通言路，已卜余年见太平。
圣主不忘初政美，小儒唯有涕纵横。

东阳道中

风欹乌帽送轻寒,雨点春衫作碎斑。
小吏知人当着句,先安笔砚对溪山。

【评】以上两诗,置之东坡集中,殆不能辨,但坡公不把盏耳。
【集评】赵翼《瓯北诗话》曰:古来作诗之多,莫过于放翁。……今合计全集及遗稿,实共一万余首。每一首必有一意;就一首中,如近体每首二联,又一句必有一意。凡一草一木,一鱼一鸟,无不裁剪入诗。是一万首即有一万大意,又有四万小意。自非才思灵敏,功力精勤,何以得此?信古来诗人未有之奇也。

望江道中

吾道非邪来旷野,江涛始此去何之?
起随乌鹊初翻后,宿及牛羊欲下时。
风力渐添帆力健,橹声常杂雁声悲。
晚来又入淮南路,红树青山合有诗。

自咏示客

衰发萧萧老郡丞,洪州又看上元灯。
羞将枉直分寻尺,宁走东西就斗升。

吏进饱谐箸纸尾，客来苦劝摸床棱。
归装渐理君知否？笑指庐山古涧藤。

庐山僧近寄藤杖甚奇。

上巳临川道中

二月六夜春水生，陆子初有临川行。
溪深桥断不得渡，城近卧闻吹角声。
三月三日天气新，临川道中愁杀人。
纤纤女手桑叶绿，漠漠客舍桐花春。
平生怕路如怕虎，幽居不省游城府。
鹤躯苦瘦坐长饥，龟息无声惟默数。
如今自怜还自笑，敛版低心事年少。
儒冠未恨终自误，刀笔最惊非素料。
五更欹枕一凄然，梦里扁舟水接天。
红蕖绿芰梅山下，白塔朱楼禹庙边。

【评】此首格局颇新。

晚 泊

半世无归似转蓬，今年作梦到巴东。
身游万死一生地，路入千峰百嶂中。
邻舫有时来乞火，丛祠无处不祈风。
晚潮又泊淮南岸，落日啼鸦戍堞空。

【评】翁与石湖、诚斋,皆倦游者,而石湖但说退居之乐,陆、杨则甚言老于道途之苦,似与官职大小亦有关系。

【集评】费经虞《雅伦》曰:放翁亦学杜学白,而尖新峭别,自成一体,有宋诗人无出其右。

黄　州

局促常悲类楚囚,迁流还叹学齐优。
江声不尽英雄恨,天意无私草木秋。
万里羁愁添白发,一帆寒日过黄州。
君看赤壁终陈迹,生子何须似仲谋?

【评】翻案不吃力。

【集评】方东树曰:此非咏黄州也,胸中无限凄凉悲感,适于黄州发之。起自咏,三、四即景生感,五、六写行役情景,收即黄州指点以抒悲愤。(《唐宋诗举要》)

蟠龙瀑布

远望纷珠缨,近观转雷霆。
人言水出奇,意使行人惊。
人惊我何得?定非水之情。
水亦有何情?因物以赋形。
处高势趋下,岂乐与石争?

退之亦隘人，强言不平鸣。

古来贤达士，初亦愿躬耕。

意气或感激，邂逅成功名。

【评】言凡物之出色，皆遭遇而已。此正告怀才不遇者，内重自然外
轻也。

岳池农家

春深农家耕未足，原头叱叱两黄犊。

泥融无块水初浑，雨细有痕秧正绿。

绿秧分时风日美，时平未有差科起。

买花西舍喜成婚，持酒东邻贺生子。

谁言农家不入时，小姑画得城中眉。

一双素手无人识，空村相唤看缲丝。

农家农家乐复乐，不比市朝争夺恶。

宦游所得真几何？我已三年废东作。

【集评】梁清远《雕丘杂录》曰：陆放翁诗，山居景况，一一写尽，可为山
林史。但时有抑郁不平之气，及浮夸自侈之谈。去此，便与陶渊明何殊？

闻杜鹃戏作

半世羁游厌路歧，凭鞍日日数归期。
劳君树上叮咛语，似劝饥人食肉糜。

【评】此与"鹧鸪应是鼻亭公"，用事之妙无独有偶。

寓 驿 舍

予三至成都，皆馆于是。

间坊古驿掩朱扉，又憩空堂绽客衣。
九万里中鲲自化，一千年外鹤仍归。
绕庭数行饶新笋，解带量松长旧围。
惟有壁间诗句在，暗尘残墨两依依。

宴 西 楼

西楼遗迹尚豪雄，锦绣笙箫在半空。
万里因循成久客，一年容易又秋风。
烛光低映珠帘丽，酒晕徐添玉颊红。
归路迎凉更堪爱，摩诃池上月方中。

【评】"因循"两字,误事不少。然不因循而徒劳无功者众矣,有道力者,要自有权衡耳。

花时遍游诸家园

看花南陌复东阡,晓露初干日正妍。
走马碧鸡坊里去,市人唤作海棠颠。

为爱名花抵死狂,只愁风日损红芳。
绿章夜奏通明殿,乞借春阴护海棠。

【集评】刘辰翁曰:狂得有理。(《精选陆放翁诗集》)

韩泰华《无事为福斋随笔》曰:放翁诗善用"阴"字,此心地清闲,故体贴得到。如"乞借春阴护海棠","正开却要日微阴","月过花阴故故迟","春在轻阴薄霭中",无不入妙。

赵翼《瓯北诗话》曰:其优游里居,啸咏山湖,流连景物,亦足见其安贫守分,不慕乎外,有昔人衡门泌水之风。

翩翩马上帽檐斜,尽日寻春不到家。
偏爱张园好风景,半天高柳卧溪花。

花阴扫地置清尊,烂醉归时夜已分。
欲睡未成欹倦枕,轮囷帐底见红云。

宣华无树著啼莺,惟有摩诃春水生。

故老能言当日事，直将宫锦裹宫城。

丝丝红蓴弄春柔，不似疏梅只惯愁。
常恐夜寒花索寞，锦茵银烛按凉州。

月下醉题

黄鹄飞鸣未免饥，此身自笑欲何之？
闭门种菜英雄老，弹铗思鱼富贵迟。
生拟入山随李广，死当穿冢近要离。
一樽强醉南楼月，感慨长吟恐过悲。

江楼醉中作

淋漓百榼宴江楼，秉烛挥毫气尚遒。
天上但闻星主酒，人间宁有地埋忧。
生希李广名飞将，死慕刘伶赠醉侯。
戏语佳人频一笑，锦城已是六年留。

【评】以上二诗中两联，皆名士应有语，但裁对工整，翁所长耳。
【集评】刘克庄《后村诗话》曰：古人好对偶被放翁用尽：……生希李广名飞将，死慕刘伶赠醉侯；……近岁诗人，杂博者堆队仗，空疏者窘材料，出奇者费搜索，缚律者少变化。惟放翁记问足以贯通，力量足以驱使，才思足以发越，气魄足以陵暴，南渡而后故当为一大宗。

南定楼遇急雨

行遍梁州到益州，今年又作度泸游。

江山重复争供眼，风雨纵横乱入楼。

人语朱离逢峒獠，棹歌欸乃下吴舟。

天涯住稳归心懒，登览茫然却欲愁。

【评】雄浑处岂亚杜陵。许丁卯之“山雨欲来”，对此能无大小巫之别。

【集评】吴汝纶曰：此诗当于神气纵宕超忽处求之。（《唐宋诗举要》）

渔　翁

江头渔家结茆庐，青山当门画不如。

江烟淡淡雨疏疏，老翁破浪行捕鱼。

恨渠生来不读书，江山如此一句无。

我亦衰迟惭笔力，共对江山三叹息。

【集评】贺裳《载酒园诗话》曰：善写眼前景物而音节琅然可听。一诗之中，必有一联致语，如雨中草色，葱翠欲滴。

闻　雁

过尽梅花把酒稀，熏笼香冷换春衣。

243

秦关汉苑无消息，又在江南送雁归。

登拟岘台

层台缥缈压城闉，倚杖来观浩荡春。
放尽尊前千里目，洗空衣上十年尘。
萦回水抱中和气，平远山如酝籍人。
更喜机心无复在，沙边鸥鹭亦相亲。

【评】五、六二语，可括尽苏、松、常、太山水。

【集评】沈德潜《说诗晬语》曰：放翁七言律，对仗工整，使事熨帖，当时无与比埒。

临安春雨初霁

世味年来薄似纱，谁令骑马客京华？
小楼一夜听春雨，深巷明朝卖杏花。
矮纸斜行闲作草，晴窗细乳戏分茶。
素衣莫起风尘叹，犹及清明可到家。

【集评】刘克庄《后村诗话》曰：陆放翁少时，调官临安，得句云："小楼一夜听春雨，深巷明朝卖杏花"。传入禁中，思陵称赏，由是知名。

冯舒曰：光景气韵，必非少年作。（《瀛奎律髓汇评》）

纪昀《瀛奎律髓刊误》曰：格调殊卑，人以谐俗而诵之。

饮张功父园戏题扇上

寒食清明数日中,西园春事又匆匆。
梅花自避新桃李,不为高楼一笛风。

闻傅氏庄紫笑花开急棹小舟观之

日长无奈清愁处,醉里来寻紫笑香。
漫道闲人无一事,逢春也似蜜蜂忙。

寄题朱元晦武夷精舍_{录一}

蝉蜕岩间果是无,世人妄想可怜渠。
有方为子换凡骨,来读晦庵新著书。

【评】恐未必然。亦过屠门而大嚼,贵且快意耳。

到严十五晦朔郡酿不佳求于都下既不时至欲借书读之而寓公多秘不肯出无以度日殊惘惘也

桐君放隐两经秋,小院孤灯夜夜愁。

名酒过于求赵璧,异书浑似借荆州。
溪山胜处真难到,风月佳时事不休。
安得连车载郫酿,金鞭重作浣花游。

【集评】陈讦《剑南诗选题词》曰:读放翁诗,须深思其炼字炼句猛力炉
锤之妙,方得真面目。

山　园

买得新园近钓矶,旋营茆栋设柴扉。
山经宿雨修容出,花倚和风作态飞。
世事只成惊老眼,酒徒频约典春衣。
狂吟烂醉君无笑,十丈愁城要解围。

秋晚思梁益旧游

忆昔西行万里余,长亭夜夜梦归吴。
如今历尽风波恶,飞栈连云是坦途。

沧波极目江乡恨,衰草连天塞路愁。
三十年间行万里,不论南北怯登楼。

【集评】刘应时《读放翁剑南集》曰:放翁前身少陵老,胸中如觉天地小。
平生一饭不忘君,危言曾把奸雄扫。

晚 眺

秋晚闲愁抵酒浓，试寻高处倚枯筇。
云归时带雨数点，木落又添山一峰。
鸣雁沙边惊客橹，行僧烟际认楼钟。
筒中诗思来无尽，十手传抄畏不供。

赠刘改之秀才

君居古荆州，醉胆天宇小。
尚不拜庞公，况肯依刘表。
胸中九渊蛟龙蟠，笔底六月冰雹寒。
有时大叫脱乌帻，不怕酒杯如海宽。
放翁七十病欲死，相逢尚能刮眼看。
李广不生楚汉间，封侯万户宜其难！

久不得张汉州书

尽道三巴远，那无一纸书。
衰迟自难记，不是故人疏。

书室明暖终日婆娑其间倦则扶杖
至小园戏作长句

美睡宜人胜按摩，江南十月气犹和。
重帘不卷留香久，古砚微凹聚墨多。
月上忽看梅影出，风高时送雁声过。
一杯太淡君休笑，牛背吾方扣角歌。

【集评】刘熙载《艺概》曰：放翁诗明白如话，然浅中有深，平中有奇，故
足令人咀味。

同上：诗能于易处见工，便觉亲切有味，白香山、陆放翁擅场在此。

春晚怀山南

梨花堆雪柳吹绵，常记梁州古驿前。
二十四年成昨梦，每逢春晚即凄然。

幽居初夏

湖山胜处放翁家，槐柳阴中野径斜。
水满有时观下鹭，草深无处不鸣蛙。
箨龙已过头番笋，木笔初开第一花。
叹息老来交旧尽，睡余谁共午瓯茶？

六月二十四日夜分
梦范至能李知幾尤延之同集江亭
诸公请予赋诗记江湖之乐
诗成而觉忘数字而已

露箬霜筠织短蓬，飘然来往淡烟中。
偶经菱市寻溪友，却拣蘋汀下钓筒。
白菡萏香初过雨，红蜻蜓弱不禁风。
吴中近事君知否？团扇家家画放翁。

【评】宋人诗如有神助者四首：永叔、君谟、子瞻及翁，皆梦中作。鬼神及梦，皆吾所不信，举之者，以四诗之高妙，为四君平生所未曾有，读之辄令人神往不置也。

【集评】徐晓亭《麈谈笔存》曰：杨诚斋诗，力求超脱；范石湖诗，力求精工。却不道诗从至性至情流出，不求超脱而自超脱，不求精工而自精工。此妙惟陆放翁先生得之。南渡以后诗，断宜推此老为第一。

闲居自述

自许山翁懒是真，纷纷外物岂关身？
花如解笑还多事，石不能言最可人。
净扫明窗凭素几，闲穿密竹岸乌巾。
残年自有青天管，便是无锥也未贫。

【评】三、四乃历久常新之句。

【集评】戴复古《读放翁先生剑南诗草》曰：茶山衣钵放翁诗，南渡百年无此奇。入妙文章本平淡，等闲言语变瑰琦。

睡起至园中

春风忽已遍天涯，老子犹能领物华。
浅碧细倾家酿酒，小红初试手栽花。
野人易与输肝肺，俗语谁能挂齿牙。
更欲世间同省事，勾回蚁战放蜂衙。

陈阜卿先生为两浙转运司考试官时秦丞相孙以右文殿修撰来就试直欲首送阜卿得予文卷擢置第一秦氏大怒予明年既显黜先生亦几陷危机偶秦公薨遂已予晚岁料理故书得先生手帖追感平昔作长句以识其事不知衰涕之集也

冀北当年浩莫分，斯人一顾每空群。
国家科第与风汉，天下英雄惟使君。
后进何人知大老，横流无地寄斯文。
自怜衰钝辜真赏，犹窃虚名海内闻。

【评】读末句，真感慨由衷之言矣。

【集评】何焯曰：虽见宋派，却能以古人语为己用者，不愧坡公。（《瀛奎律髓汇评》）

西郊步武地春将老矣不能一往朝吉侄今日为邀头涩雨大作非惟人心难并止或尼之枕上得小诗资宋永兄一噱因呈昔游兄弟速寻旧盟勿为天公所玩①

无复西郊访绮罗，任教佳景去如梭。

残杯冷炙何曾梦，乱絮飞花积渐多。

举世尽从忙里过，几人能共醉时歌。

不辞作意营春事，急雨狂风可奈何！

剑门道中遇微雨

衣上征尘杂酒痕，远游无处不消魂。

此身合是诗人未？细雨骑驴入剑门。

【集评】掞东曰：剑南七绝，宋人中最占上峰，此首又其最上峰者，直摩唐贤之垒。（《石遗室诗话》）

---

①　此诗为黄公度作，见其《知稼翁集》卷上（《四库全书》本），作者误编入陆游诗中。

禹迹寺南有沈氏小园四十年前尝题小阕壁间偶复一到而园已易主刻小阕于石读之怅然

枫叶初丹槲叶黄，河阳愁鬓怯新霜。
林亭感旧空回首，泉路凭谁说断肠。
坏壁醉题尘漠漠，断云幽梦事茫茫。
年来妄念消除尽，回向禅龛一炷香。

【评】古今断肠之作，无如此前后三首者。

沈　园

城上斜阳画角哀，沈园非复旧池台。
伤心桥下春波绿，曾是惊鸿照影来。

梦断香消四十年，沈园柳老不吹绵。
此身行作稽山土，犹吊遗踪一泫然。

【评】无此绝等伤心之事，亦无此绝等伤心之诗。就百年论，谁愿有此事；就千秋论，不可无此诗。

湖水愈缩戏作

瓜垄从来几邵平，镜湖复有一玄英。
今秋雨少烟波窄，堪笑沙鸥也败盟。

梅花绝句

闻道梅花坼晓风，雪堆遍满四山中。
何方可化身千亿？一树梅花一放翁。

【评】柳州之化身何其苦，此老之化身何其乐。

【集评】吴之振等《宋诗钞》曰：宋诗大半从少陵分支，故山谷云：天下几
人学杜甫，谁得其皮与其骨？若放翁者，不宁皮骨，盖得其心矣。所谓爱君
忧国之诚，见乎辞者，每饭不忘。故其诗浩瀚崒律，自有神合。

先少师宣和初有赠晁公以道诗云奴爱
才如萧颖士婢知诗似郑康成公大爱赏
今逸全篇偶读晁公文集泣而足之

士不逢时勇退耕，闭门自号景迂生。
远闻佳士辄心许，老见异书犹眼明。
奴爱才如萧颖士，婢知诗似郑康成。
早孤遇事偏多感，欲续残章涕已倾。

恩封渭南伯唐诗人赵嘏为渭南尉当时谓之赵渭南后来将以予为陆渭南乎戏作长句

老向人间久倦游，君恩乞与渭川秋。
虚名定作陈惊坐，好句真惭赵倚楼。
栈豆十年沾病马，烟波万里著浮鸥。
就封他日轻裘去，应过三峰处处留。

小舟游近村舍舟步归

斜阳古柳赵家庄，负鼓盲翁正作场。
死后是非谁管得？满村听说蔡中郎。

示　儿

死去元知万事空，但悲不见九州同。
王师北定中原日，家祭无忘告乃翁。

【集评】林景熙《题陆放翁诗卷后》曰：青山一发愁濛濛，干戈已满天南东。来孙却见九州同，家祭如何告乃翁？

胡应麟《诗薮》曰：忠愤之气，落落二十八字间。

贺贻孙《诗筏》曰：率意直书，悲壮沉痛，孤忠至性，可泣鬼神。

【评】案,剑南最工七言律、七言绝句,略分三种:雄健者不空,隽异者不涩,新颖者不纤。古体诗次之,五言律又次之。七言律断句,美不胜收。略摘如左。

剑南摘句图

正欲清言闻客至,偶思小饮报花开。
号野百虫如自诉,辞柯万叶竟安归?
鱼市人家满斜日,菊花天气近新霜。①
寒束幽花如有待,风延啼鸟苦相催。
还乡且尽田家乐,举世谁非市道交?
邻谙好事频赊酒,家不全贫肯卖文?
云容山意商量雪,柳眼桃腮领略春。②
津吏报添三尺水,山僧归入万重云。
傍水无家无好竹,卷帘是处是青山。
冻云傍水封梅萼,嫩日烘窗释砚冰。
山重水复疑无路,柳暗花明又一村。
郊原远带新晴色,人语中含乐岁声。
楼船夜雪瓜洲渡,匹马秋风大散关。③

---

① 以上三联摘句未标题,据《剑南诗稿》,题分别为《幽居书事》(卷十五)、《秋雨初晴有感》(卷二十五)、《九月三日泛舟湖中作》(卷十三)。
② 以上四联摘句为黄公度诗,据其《知稼翁集》(《四库全书》本),题分别为《正月晦日寄宋永兄》(卷上)、《题白沙铺》(卷上)、《西园招陈彦招同饮》(卷下)、《乙亥岁除渔梁村》(卷下)。
③ 以上六联摘句未标题,据《剑南诗稿》,题分别为《秋雨北榭作》(卷十八)、《故山》(卷二十一)、《冬晚山房书事》(卷二十一)、《游山西村》(卷一)、《送客至江上》(卷四)、《书愤》(卷十七)。

【评】案,"楼船"一联,惟《瓯北诗话》引之。选宋诗者,皆未之及,异矣。

【集评】梁启超《读陆放翁集》曰:诗界千年靡靡风,兵魂销尽国魂空。集中什九从军乐,亘古男儿一放翁。

同上:辜负胸中十万兵,百无聊赖以诗鸣。谁怜爱国千行泪,说到胡尘意不平。

黄公度 字师宪。莆田人。官秘书省正字。

悲 秋

万里西风入晚扉,高斋怅望独移时。

迢迢别浦帆双去,漠漠平芜天四垂。

雨意欲晴山鸟乐,寒声初到井梧知。

丈夫感慨关时事,不学楚人儿女悲。

【集评】吴之振等《宋诗钞》曰:洪迈谓精深而不浮于巧,平澹而不近俗。其《悲秋》句,不知谪仙、少陵以还,大历十才子尚能窥其藩否? 要皆过情。唯陈俊卿谓虽未尽追古作,要自成一家。其言为差近云。

暮春宴东园方良翰喜有诗入夏追和

要洗襟怀万斛埃，一尊相属莫迟回。
颠狂柳絮将春去，排比荷花刺水开。
懒矣宦情甘冗长，拙于句法强追陪。
人生行乐须闲健，千古朱颜同一颓。

道间即事

花枝已尽莺将老，桑叶渐稀蚕欲眠。
半湿半晴梅雨道，乍寒乍暖麦秋天。
村垆沽酒谁能择？ 邮壁题诗尽偶然。
方寸怡怡无一事，粗裘粝食地行仙。

【评】数诗造句，皆能自具炉锤者。

卷第四

戴复古 字式之。天台黄岩人，居南塘石屏山，因自号石屏。尝登放翁之门，以诗鸣江湖间者五十年。

【评】案，石屏诗心思力量，皆非晚宋人所有，以其寿长入晚宋，屈为晚宋之冠。

梦中亦役役

半夜群动息，五更百梦残。
天鸡啼一声，万枕不遑安。
一日一百刻，能得几刻闲？
当其闲睡时，作梦更多端。
穷者梦富贵，达者梦神仙。
梦中亦役役，人生良鲜欢。

【集评】马金汝《书石屏诗集后》曰：天台布衣戴屏翁，以诗鸣宋季，类多闵时忧国之作。

大热五首录一

天嗔吾面白，晒作铁色深。

天能黑我面，岂能黑我心？

我心有冰雪，不受暑气侵。

推去北窗枕，思鼓南风琴。

千古叫虞舜，遗我以好音。

【评】倔强可喜。所谓："天生黑于予，澡豆其如予何也？"

次韵谢敬之题南康县刘清老园

刘子隐居地，真如李愿盘。

万松春不老，多竹夏生寒。

卜筑世情远，登临客虑宽。

题诗疥君壁，聊以记游观。

寄韩仲止

何以涧泉号，取其清又清。

天游一丘壑，孩视几公卿。

杯举即时酒，诗留后世名。

黄花秋意足，东望忆渊明。

【评】"孩视"二字，有佛图澄以石勒为海鸥鸟意。

【集评】包恢《石屏集序》曰：石屏自谓少孤失学，胸中无千百字书。予谓其非无书也，殆不滞于书，与不多用故事耳，有靖节之意焉。果无古书，则有真意，故其为诗，自胸中流出，多与真会。

宋世荦《重刻石屏集序》曰：一身飘泊，千里漫游，冰雪涤其胸襟，江山助其气势。

题张金判园林

园圃屋东西，从君一杖藜。
雨寒花蕊瘦，春重柳丝低。
亭馆常留客，轩窗总傍溪。
摩挲雪色壁，安得好诗题？

哭赵紫芝

呜呼赵紫芝，其命止于斯。
东晋时人物，晚唐家数诗。
瘦因吟思苦，穷为宦情痴。
忆在藏春圃，花边细话时。

渝江绿阴亭九日燕集

九日江亭上，谁怜老孟嘉？
要人看白发，不用整乌纱。
寄兴题桐叶，长歌醉菊花。
归心徒自苦，犹在楚天涯。

【评】三、四翻用杜句好。

湖南见真师

致身虽自文章选,经世尤高政事科。
以若所为即伊吕,使其不遇亦丘轲。
长沙地窄儒衣阔,明月池干春水多。
天以一贤私一路,其如四路九州何?

【评】抟捖有力量。

江阴浮远堂

横冈下瞰大江流,浮远堂前万里愁。
最苦无山遮望眼,淮南极目尽神州。

【评】有气概。

戏题诗稿

冷澹篇章遇赏难,杜陵清瘦孟郊寒。
黄金作纸珠排字,未必时人不喜看。

【评】俗人肺肠，的是如此。

【集评】赵汝腾《石屏集序》曰：石屏之诗，平而尚理，工不求异，雕镂而气全，英拔而味远，玩之流丽而情不肆，即之冲淡而语多警。

袁州化成岩李卫公谪居之地

一岩端坐挹千峰，三两亭台胜概中。
江水骤生连夜雨，松声吹下半天风。
因思世故吾头白，独步林皋夕照红。
欲吐草茅忧国志，谁能唤起赞皇公？

【评】异乎书生大言，若陈同甫、刘改之一流人。

句

水阔终非海，楼高不到天。
问天求酒量，翻海洗诗穷。
春水渡旁渡，夕阳山外山。
湘江一点不容俗，岳麓四时皆是秋。①

【集评】瞿佑《归田诗话》曰：戴式之尝见夕照映山，峰峦重叠，得句云"夕阳山外山"，自以为奇，欲以"尘世梦中梦"对之，而不惬意。后行村中，

---

① 此四联摘句未标诗题，据《四库全书》本《石屏诗集》，题分别为《秋怀》（卷二）、《书事》（卷三）、《世事》（卷四）、《长沙呈赵东岩运使并简幕中杨唯叔通判诸丈》（卷五）。

春雨方霁,行潦纵横,得"春水渡旁渡"之句以对,上下始相称。然须实历此境,方见其奇妙。

姜 夔 字尧章。鄱阳人。工声律。居苕溪,与白石洞天为邻,潘柽号之曰"白石道人",时黄景说亦号"白石",人称"双白石"。

送朝天续集归诚斋时在金陵

翰墨场中老斫轮,真能一笔扫千军。
年年花月无闲日,处处山川怕见君。
箭在的中非尔力,风行水上自成文。
先生只可三千首,回施江东日暮云。

【评】第四句即"天雨粟、鬼夜哭"意。

【集评】纪昀《瀛奎律髓刊误》曰:四句粗豪之气太重,五、六意是而句不工。

除夜自石湖归苕溪

笠泽茫茫雁影微,玉峰重叠护云衣。
长桥寂寞春寒夜,只有诗人一舸归。

【集评】杨万里曰:裁云缝月之妙思,敲金戛玉之奇声。(《齐东野语》)

姑苏怀古

夜暗归云绕柁牙,江涵星影鹭眠沙。
行人怅望苏台柳,曾与吴王扫落花。

湖上寓居杂咏

荷叶披披一浦凉,青芦奕奕夜吟商。
平生最识江湖味,听得秋声忆故乡。

【集评】陈郁《藏一话腴》曰:奇声逸响,率多天然,自成一家,不随近体。

平甫见招不欲往

老去无心听管弦,病来杯酒不相便。
人生难得秋前雨,乞我虚堂自在眠。

【集评】江春《白石道人诗集序》曰:其诗初学西江,已而自出机杼,清婉拔俗,其绝句则骎骎乎半山矣。其诗则一屏靡曼之词,清空精妙,复绝前后。

登乌石寺①

诸老凋零极可哀，尚留名字压崔嵬。
刘郎可是疏文墨，几点胭脂污绿苔。

【评】首二句言张魏公、刘安成、岳武穆留题。后二句言刘题系命侍儿意真代书。

【集评】《鹤林玉露》曰：严州乌石寺，在高山之上，有岳武穆飞、张循王俊、刘太尉光世题名。刘不能书，令侍儿意真代书，姜尧章诗云云。

过　垂　虹

自作新词韵最娇，小红低唱我吹箫。
曲终过尽松陵路，回首烟波十四桥。

【评】晚宋人多专工绝句，白石其尤者，与词近也。

【集评】王士祯《香祖笔记》曰：白石词家大宗，其于诗亦能深造自得。

陆友《研北杂志》曰：小红，顺阳公青衣也，有色艺。顺阳公之请老，姜尧章诣之。一日，授简征新声，尧章制《暗香》、《疏影》二曲，公使二妓习之，音节清婉。公寻以小红赠之。其夕大雪，过垂虹，赋诗云云。顺阳公即范石湖。

---

① 据《四部丛刊》本《白石道人诗集》（卷下），此诗题全称为《登乌石寺观张魏公刘安成岳武穆留题刘云侍儿意真奉命题记》。

叶绍翁 字嗣宗。建安人。隐于钱唐西湖之滨,与葛天民酬倡,有《靖逸小稿》。

登谢屐亭赠谢行之

君家灵运有山癖,平生费却几纲屐。
从人唤渠作山贼,内史风流定谁识?
西窗小憩足力疲,梦赋池塘春草诗。
只今屐朽诗不朽,五字句法谁人追?
天台览遍兴未已,天台山前听流水。
秦人称帝鲁连耻,宁向苍苔留屐齿。
乙庵是渠几世孙?登山认得屐齿痕。
摩挲苔石坐良久,便欲老此岩之根。
吾侬劝渠且归去,请君更学遥遥祖。
遥遥之祖定阿谁?曾出东山作霖雨。
乙庵未省却问侬,莫是当年折屐翁?

【评】案,晚宋诗人,工古体者不多,此篇其最清脆者。

游园不值

应嫌屐齿印苍苔,小扣柴扉久不开。
春色满园关不住,一枝红杏出墙来。

九日呈真直院

秋风吹客客思家，破帽从渠自在斜。
肠断故山归未得，借人篱落种黄花。

葛天民 字无怀。山阴人。忽祝发为僧，更名义铦，字朴翁。
后仍返初服，有二妾，曰如梦、如幻。与姜尧章、叶绍翁交好。

仲　春

落梅如雪雨如麻，最怕春寒是杏花。
病后不能涓滴饮，可怜芳信到贫家。

迎　燕

咫尺春三月，寻常百姓家。
为迎新燕入，不下旧帘遮。
翅湿沾微雨，泥香带落花。
巢成雏长大，相伴过年华。

【评】对燕谈家常，贫家况味。

江　上

连天芳草雨漫漫，赢得鸥边野水宽。
花欲尽时风扑起，柳绵无力护春寒。

句

莺来占柳为歌院，蝶去寻花作醉乡。
猫来戏捉阱花蝶，雀下偷衔卷叶虫。
群雁横空成一字，孤萤度水似双星。①

【评】体物入微，卷叶虫未经人说过。

刘　过　字改之，自号龙洲。泰和人。绍熙间叩阍上书，终落魄无所遇。

喜雨呈吴察按

黄鹤山前雨乍过，城南草市乐如何？

---

① 此三联摘句未标题，据《宋百家诗存》，题分别为《酬画上人石湖春望》、《小亭》、《同邓孤舟林片月二友晓吟》。

千金估客倡楼醉，一笛牧童牛背歌。

江夏水生归未得，武昌鱼美价无多。

棹船亦欲徜徉去，古井而今澹不波。

【评】三、四能作平等观，自是聪明人语。

敖陶孙　字器之，号臞翁。长乐人。嘉定间主管华州西岳。

洗竹简诸公同赋

舍东修竹密如栉，一日洗净清风来。

脱巾解带坐寒碧，置觞露饮始此回。

平林远霭开图画，西望群山如过马。

诗翁意落帆影外，孤村结庐对潇洒。

百年奇事笑谭成，向来无此苍龙声。

闲身一笑直钱万，剜粉劅青留姓名。

用韵谢竹主人陈元仰

热中襁褓令我汗，日暮佳人期不来。

陈郎揖人不下榻，青山白云唤得回。

手开十亩萧郎画，个里何妨系我马。
食单得凉清可啜，毳褐分阴翠如酒。
摇金戛玉真天成，梦捣风前茶臼声。
一川窈窕荷万柄，野翁得此甘辞名。

竹间新辟一地可坐十客用前韵刻竹上

竹君得姓起何代？渭川鼻祖慈云来。
主人好事富千埒，日报平安知几回？
平生好山仍好画，意匠经营学盘马。
别裁斗地规摩围，自汲清池行播洒。
一杯寿君三径成，请君静听风来声。
醉眠煮得石根烂，以次平章身与名。

【评】以上三诗，笔致潇洒，真是诗人之诗。

四月二十三日始设酒禁试东坡羹一杯
其味甚真觉曲糵中殊无寸功也
食已得三诗录一

评诗要平澹，此语吾不然。
大千自有舌，何用长短篇？
谓是天送句，端正落我前。

旋闻口吻鸣，颇益心肠煎。

少陵耽句佳，欲以一死捐。

是中有真意，靖节差独贤。

【评】此诗当即矫正严沧浪论诗之弊。

上闽帅范石湖五首录一

今代论文更是非，赏音谁复得牙夔？

真从长庆成编日，便到先生晚岁诗。

万马萧萧闲律令，孤峰隐隐出旌旗。

了知长短三千首，收拾余师即我师。

【评】比拟恰当。

严　　羽　字丹丘，一字仪卿。邵武人。自号沧浪逋客，有《沧浪吟》。

访益上人兰若

独寻青莲宇，行过白沙滩。

一径入松雪，数峰生暮寒。

山僧喜客至，林阁供人看。

吟罢拂衣去，钟声云外残。

和上官伟长芜城晚眺

平芜古堞暮萧条，归思凭高黯未消。

京口寒烟鸦外灭，历阳秋色雁边遥。

清江木落长疑雨，暗浦风多欲上潮。

惆怅此时频极目，江南江北路迢迢。

【评】沧浪有《诗话》，论诗甚高，以禅为喻，而所造不过如此。专宗王、孟者，囿于思想，短于才力也。即如此首三、四，"鸦外"、"雁边"，意分一近一远，终嫌两鸟无大界限。

严　粲　字坦叔，一字明卿。邵武人。官清湘令。

骑 牛 图

乃翁骑牛驴驮儿，松间提挈群童随。

驴逢短桥儿回顾，牛背推敲了不知。

【评】可与杨朴《移家》诗并传，而此较本色易晓。

句

习气余诗句，枯禅堕佛机。

迸笋补篱竹，落松添屋茅。①

赵师秀　字紫芝，改称灵秀。永嘉人。"四灵"中惟师秀登科改官，然亦不显。"四灵"专尚五言律，灵秀之言曰："一篇幸止有四十字，更增一字，吾末如之何矣？"其才力之薄弱可想。

雁荡宝冠寺

行向石栏立，清寒不可云。

流来桥下水，半是洞中云。

欲住逢年尽，因吟过夜分。

荡阴当绝顶，一雁未曾闻。

【评】三、四在"四灵"中，最为掉臂游行之句。

【集评】方回《瀛奎律髓》曰：杜荀鹤："只应松上鹤，便是洞中人。"此三、四亦相犯，五、六有味。

纪昀《瀛奎律髓刊误》曰：疑人化鹤有理，疑水为云却无理。此落套而

---

① 此二联摘句未标题，据《江湖小集》，题分别为《元上人见访》、《茅舍》。

又不善套,其病不止相犯也。

薛氏瓜庐

不作封侯念,悠然远世纷。
惟应种瓜事,犹被读书分。
野水多于地,春山半是云。
吾生嫌已老,学圃未如君。

【评】五、六何减石屏之"渡旁渡"、"山外山"耶! 上句似乎过之。

【集评】方回《瀛奎律髓》曰:"人家半在船,野水多于地",本乐天仄韵古诗。今控一句为对,亦佳。

纪昀《瀛奎律髓刊误》曰:此首气韵浑雅,犹近中唐,不但五、六佳也。

数 日^①

数日秋风欺病夫,尽吹黄叶下庭芜。
林疏放得遥山出,又被云遮一半无。

【评】似诚斋。

【集评】《四库全书总目提要》曰:其诗主于野逸清瘦,以矫江西之失,而开宝遗风则不复沿溯也。

---

① 题,《宋诗纪事》卷八十五作《绝句》。

约 客

黄梅时节家家雨,青草池塘处处蛙。
有约不来过夜半,闲敲棋子落灯花。

【集评】《梅磵诗话》曰:杜小山问句法于赵紫芝,答曰:"但能饱吃梅花数斗,胸次玲珑,自能作诗。"

翁 卷 字灵舒。永嘉人。"四灵"之一。四人因卷本字灵舒,遂改道晖为灵晖,文渊为灵渊,紫芝为灵秀云。

寄永州徐三掾曹

闻说居官处,千峰近九疑。
合流皆楚水,高石半唐碑。
香草寒犹绿,清猿夜更悲。
其中多隐者,君去得逢谁?

【集评】曹豳曰:四灵诗如啖玉腴,虽爽不饱。(陈世崇《随隐漫录》)

陈西老母氏挽词

八十余年寿,孀居备苦辛。
成家无别物,有子作诗人。
远客移书吊,新坟得佛邻。
秋堂挂遗像,癯若在时身。

哭徐山民

己是穷侵骨,何期早丧身?
分明上天意,磨折苦吟人。
花色连晴昼,莺声在近邻。
谁怜三尺像,犹带瘦精神?

【评】瘦而有精神,推许得体。

山　雨

一夜满林星月白,亦无云气亦无雷。
平明忽见溪流急,知是他山落雨来。

乡村四月

绿遍山原白满川，子规声里雨如烟。
乡村四月闲人少，才了蚕桑又插田。

句

冰干半池水，花落一根梅。《冬日过道上人旧房》
数僧归似客，一佛坏成泥。《信州草衣寺》
寒潭盛塔影，古木带厨烟。《能仁寺》

【集评】徐玑《书翁卷诗集后》曰：五字极难精，知君合有名。磨砻双鬓
改，收拾一篇新。

徐　玑 字文渊。从晋江迁永嘉，官武当长泰令。玑自谓能复
唐诗，复贾岛、姚合之诗耳。诗多酸寒。寒不厌，酸则可厌，录其不酸者。

泊舟呈灵晖

泊舟风又起，系缆野桐林。
月在楚天碧，春来湘水深。

官贫思近阙,地远动愁心。
所喜同舟者,清羸亦好吟。

【集评】刘克庄《林子显诗序》曰:近世理学兴而诗律坏,惟永嘉四灵复
为言苦吟,过于郊、岛,篇幅小而警策多,今皆亡矣。

赠 徐 照

近参圆觉境如何? 月冷高空影在波。
身健却缘餐饭少,诗清都为饮茶多。
尘居亦似山中静,夜梦俱无世虑魔。
昨日曾知到门外,因随鹤步踏青莎。

【集评】方回《瀛奎律髓》曰:四灵所用料不过花、竹、鹤、僧、琴、药、茶、
酒,于此数物一步不可离,而气象小矣。

句

水清知酒好,山瘦识民贫。①

---

① 此联摘句未标题,据《宋诗钞》,题为《黄碧》。

徐 照 字道晖。永嘉人。自号山民,改号灵晖。

莫 愁 曲

莫愁石城住,今来无莫愁。
只重石城水,曾泛莫愁舟。

【集评】叶適《题刘潜夫南岳诗稿》曰:往岁徐道晖诸人,摆落近世诗律,
敛情约性,因狭出奇,合于唐人,夸所未有,皆自号四灵云。

柳 叶 词

嫩叶吹风不自持,浅黄微绿映清池。
玉人未识分离恨,折向堂前学画眉。

【评】新巧而已。

分题得渔村晚照

渔师得鱼绕溪卖,小船横系柴门外。
出门老妪唤鸡犬,收敛裳衣屋头晒。
卖鱼得酒又得钱,归来醉倒地上眠。
小儿啾啾问煮米,白鸥飞去芦花烟。

【集评】赵师秀《哀山民》曰：君诗如贾岛，劲笔翰天巧。

刘克庄 字潜夫。莆阳人。后村其号。官至江东提刑，入经筵直纶省，旋以秘阁修撰出为福建提刑。尝咏《落梅》，有"东君谬掌花权柄，却忌孤高不主张"句，谗者笺其诗以示柄臣，由此阁废十载。

北 山 作

骨法枯闲甚，惟堪作隐君。
山行忘路脉，野坐认天文。
字瘦偏题石，诗寒半说云。
近来仍喜聩，闲事不曾闻。

【集评】纪昀《瀛奎律髓刊误》曰：亦是"武功派"，然是"武功派"之不恶者。

夜过瑞香庵作

夜深扣绝顶，童子旋开扉。
问客来何暮，云僧去未归。
山空闻瀑泻，林黑见萤飞。
此境惟予爱，他人到想稀。

哭薛子舒二首

医自金坛至，犹言疾可为。
濒危人未信，闻死世皆疑。
交共收残藁，妻能读《殓仪》。
借来书册子，掩泪付孤儿。

忍死教磨墨，留书诀父兄。
读来堪下泪，寄去怕伤情。
墓要师为志，诗于世有名。
夜阑秋枕上，犹梦共山行。

答　友　生

读易参禅事事奇，高情已恨挂冠迟。
清于楚客滋兰日，贫似唐人乞米时。
家为买琴添旧债，厨因养鹤减晨炊。
君看《江表》《英雄》传，何似孤山一卷诗。

【集评】方回《瀛奎律髓》曰：刘潜夫初亦学四灵，后乃少变，务为放翁
体，用近人事，组织太巧，亦伤太冗。

同上：后村初学晚唐……晚节诗欲学放翁，才终不逮，对偶巧而气格卑。

同上：予尝谓后村诗，其病有三：曰巧，曰冗，曰俗，而格卑不与焉。

冶 城

断镞遗枪不可求，西风古意满原头。
孙刘数子如春梦，王谢千年有旧游。
高塔不知何代作，暮笛似说昔人愁。
神州只在阑干北，度度来时怕上楼。

西 山

绝顶遥知有隐君，餐芝种术鹿为群。
多应午灶茶烟起，山下看来是白云。

归至武阳渡作

夹岸盲风扫楝花，高城已近被云遮。
遮时留取城西塔，篷底归人要认家。

出 郭

江边一雨洗秋容，北郭东郊野意浓。
老大怕它人检点，隔溪隔柳看芙蓉。

再赠钱道人

拙貌惭君子细看,镜中我自觉神寒。
直从杜甫编排起,几个吟人作大官!

【集评】《四库全书总目提要》曰:其诗派近杨万里,大抵词病质俚,意伤
浅露。……然其清新独到之处,要亦未可尽废。

方寺丞新第二首

宅成天下借图看,始笑书生眼力悭。
地占百弓多是水,楼无一面不当山。
荷深似入苕溪路,石怪疑行雁荡间。
只恐中原方鼎沸,天心未遣主人闲。

一生不畜买田钱,华屋何心亦偶然。
客至多逢僧在坐,钓归惟许鹤随船。
按行花木皆僚友,主掌湖山即事权。
京洛贵人金谷里,安知世上有林泉。

岁晚书事十首录四

荒苔野蔓上篱笆,客至多疑不在家。

病眼看人殊草草,隔林迢递见梅花。

踏破侬家一径苔,双鱼去换只鸡回。
幸然不识聱牙字,省得闲人载酒来。

细君炊秫婢缫丝,采胜酥花总不知。
窗下老儒衣露肘,挑灯自拣一年诗。

日日抄书懒出门,小窗弄笔到黄昏。
丫头婢子忙匀粉,不管先生砚水浑。

燕

野老柴门日日开,且无栏槛碍飞回。
劝君莫入珠帘去,羯鼓如雷打出来。

【集评】吴之振等《宋诗钞》曰:论者谓江西苦于丽而冗,莆阳得其法而能瘦能淡,能不拘对,又能变化而活动,盖虽会众作而自为一宗者也。

七月九日

樵子俄从间路回,因言溪谷响如雷。
分明雨怕城中去,只隔前峰不过来。

少　日

少日关河要指呼，晚归田里似囚拘。
气衰不敢高声语，腕弱才能小楷书。
座有老兵持共饮，路逢醉尉避前驱。
子元兄弟何为者？自是嵇康处世疏。

示同志一首

满身秋月满襟风，敢叹栖迟一壑中。
除目解令丹灶坏，诏书能使草堂空。
岂无高士招难出，曾有先贤隐不终。
说与同袍二三子，下山未可太匆匆。

郊　行

薄有西风意，郊行得自娱。
山晴全体出，树老半身枯。
林转亭方见，江侵路欲无。
何妨桥缆断，小艇故堪呼。

【评】此首杂之杜集，殆不能辨。

见方云台题壁

寄书迢递梦参差，每见留题慰所思。
不论驿亭僧寺里，有山水处有君诗。

记　梦

父兄诲我髫髦初，老不成名鬓发疏。
纸帐铁檠风雪夜，梦中犹诵少时书。

【评】书呆真相。

为　圃

屋边废地稍平治，装点风光要自怡。
爱敬古梅如宿士，护持新笋似婴儿。
花窠易买姑添价，亭子难营且筑基。
老矣四科无入处，旋钽小圃学樊迟。

病后访梅九绝 录三

梦得因桃数左迁，长源为柳忏当权。

幸然不识桃并柳，却被梅花累十年。

邺侯咏柳云："青青东门柳，岁晏必憔悴。"柄国者以为讥己。

区区毛郑号精专，未必风人意果然。
犬彘不吞舒亶唾，岂堪与世作诗笺！

一联半首致魁台，前有沂公后简斋。
自是君诗无警策，梅花穷杀几人来。

句

松气满山凉似雨，海声中夜近如雷。
别后曾过东阁否，新来亦乞鉴湖无？
几时供帐都门外，真写先生作画图。
撰出骚词奴宋玉，写成帖字婢羊欣。
邻人欺不在，稍觉北枝伤。
病觉风光于我薄，老知书册误人多。
露坐一生无步障，春游是处有行窝。①

【评】案，后村诗名颇大，专攻近体，写景、言情、论事，绝无一习见语，绝句尤不落旧套。惟律句多太对，如难对易、如对似、为对因、无对有、觉对知、疑对信之类，在在而有。

---

① 以上七联摘句未标题，据《四部丛刊》本《后村先生大全集》，诗题分别为《蒜岭夜行》、《呈袁秘监》、《挽柯东海》、《乍归九首》（其三）、《再和二首》（其二）、《四和二首》（其一）。

林希逸 字肃翁，号鬳斋，又号竹溪。福清人。

溪 上 谣

溪上行吟山里应，山边闲步溪间影。
每因人语识山声，却向溪光见人性。
溪流自漱溪不喧，山鸟相呼山愈静。
野鸡伏卵似养丹，睡鸭依芦如入定。
人生何必学臞仙，吾行自乐疑散圣。
无人独赋溪山谣，溪能远和山能听。

陈鉴之 字刚父，初名璟。三山人。嘉定时以诗称。

京口江阁和友人韵

良辰仍我辈，斗酒大江边。
小阁纳万里，一帆来九天。
世尘黄鹄外，诗兴白鸥前。
地胜吾衰矣，长怀李谪仙。

赵希槱 字谊父。汴人。宝庆间以诗称,有《抱拙小稿》。

次萧冰崖梅花韵

冰姿琼骨净无瑕,竹外溪边处士家。
若使牡丹开得蚤,有谁风雪看梅花?

武 衍 字朝宗。汴人。宝庆间以诗名。

宫 词

梨花风动玉兰香,春色沉沉锁建章。
惟有落红官不禁,尽教飞舞出宫墙。

方 岳 字巨山。祁门人。绍定后,官至吏部侍郎。

观 渔

林光漏日烟霏湿,鸬鹚簇立春沙碧。

湘竿击水雪花飞，鸬鹚没入春溪肥。

银刀拨刺争三窟，乌兔追亡健于鹘。

搜渊剔薮无噍类，余勇未厌心突兀。

十十五五斜阳边，听呼名字方趋前。

吐鱼筊篮不下咽，手捽琐碎劳尔还。

呜呼奇哉子渔子，塞上将军那得尔。

【评】写鸬鹚之听命于渔子①，不啻军令。渔子真不愧公羊氏之尊称哉。

句

百年双短鬓，九职一闲民。

偶种竹成俱崛强，旋移花活尚神通。

生为柱国身何在，死葬祁连冢亦平。

左花右竹自昭穆，春鹤秋猿相友朋。

勒将春去许多雨，流出山来都是花。

先后笋争滕薛长，东西鸥背晋齐盟。

雌霓横溪遮雨断，雄风吹雾作尘飞。

麦秋天气半明暗，蚕月人家忌往来。

翁之乐者山林也，客亦知夫水月乎？

无诗传与鸡林去，有赋羞令狗监知。②

---

① 鸬鹚，原作"鹭鸶"，据诗及评语意改。
② 以上十联未标题，据《宋诗钞》，诗题分别为《唐律十首》（其十）、《次韵陈总干》（其二）、《感怀》（其六）、《感怀》（其七）、《春日杂兴》（其六）、《春日杂兴》（其八）、《夏日简王尉》、《宿芙蓉驿》、《水月园送王侍郎》、《旅思》。

【集评】方回《瀛奎律髓》曰：不江西，不晚唐，自为一家。

吴之振等《宋诗钞》曰：诗主清新，工于镂琢，故刻意入妙则逸韵横流，虽少岳渎之观，其光怪足宝矣。

罗与之 字与甫，一字北涯。螺川人。端平间不第，归隐。有《雪坡小稿》。

看 叶

红紫飘零草不芳，始宜携杖向池塘。

看花应不如看叶，绿影扶疏意味长。

毛 翊 字元白。柯山人。有声端平间。有《吾竹小稿》。

甲午江行

百川无敌大江流，不与人闲洗旧雠。

残垒自缘他国废，诸公空负百年忧。

边寒战马全装铁，波阔征船半起楼。

一举尽收关洛旧，不知消得几分愁。

【评】不图晚宋尚有此壮往之作。

罗公升 字时翁。吉州永丰人。宋末县尉。

戍　妇

夫戍关西妾在东,东西何处望相从!
只应两处秋宵梦,万一关头得暂逢。

和 宫 怨

竹叶垂黄雨露偏,羞缘买赋费金钱。
有缘会有承恩日,莫遣蛾眉减去年。

【评】与杜荀鹤之《宫怨》,异曲同工。

岳　珂　字肃之，号倦翁。彰德人。飞孙。官至宝谟阁直学
士。嘉熙后移家檇李金陀坊。

观芙蓉有感

芙容城边观芙蓉，开时澹白蔫深红。
新晴著人过于酒，聊与老面回春风。
少年白面岂长好？花落花开不知老。
老来会有少年时，对酒不饮将何为？

叶　茵　字景文。笠泽人。与徐玑、林洪相倡和，江湖间诗
人也。

机　女　叹

机声伊轧到天明，万缕千丝织得成。
售与绮罗人不顾，看纱嫌重绢嫌轻。

【评】此视谢叠山《蚕妇吟》，又深一层矣。谢诗云："子规啼彻四更
时，起视蚕稠怕叶稀。不信楼头杨柳月，玉人歌舞未曾归。"

危　稷　字逢吉。临川人。嘉定中知漳州。

送刘帅归蜀

万水朝东弱水西,先生归去老峨眉。
人间那得楼千尺,望得峨眉山见时。

【评】用东坡"那有千寻竹"之意,翻"绝顶望乡国"之案。爱而不见。
此诗自出真情,而错怨江南北山多者,亦望夫化石之痴想也。

戴　昺　字景明,号东埜。石屏之从孙。嘉定间官法曹参军。

夏曼卿作新楼扁曰潇湘片景来求拙画且索诗

有此一楼足,悠然万虑忘。
拓开风月地,压断水云乡。
四野留春色,千峰明夕阳。
眼前无限景,何处认潇湘?

【评】起笔嶄然。

汪 莘 字叔耕。休宁人。自号方壶居士。

湖上蚤秋偶兴

坐卧芙蓉花上头，青香长绕饮中浮。
金风玉露玻璃月，并作诗人富贵秋。

【评】"玻璃月"三字凑得好。"秋"上加以"富贵"，"富贵"上又加"诗
人"，读之但觉其奇而确。此十四字可以千古矣。

乐雷发 字声远，号雪矶。江右春陵人。宝祐癸丑特科，廷对
第一，授馆职。

送丁少卿自桂帅移镇西蜀

琼海收兵玉帐闲，又移斋舰溯浯湾。
三边形势全凭蜀，四路封疆半是山。
魏将旧闻侵剑阁，汉兵今欲卷函关。
细倾瑞露论西事，想在元戎指画间。

【评】不似宋末诗人之作。第三句能道出南宋偏安全局关系，非有
吾乡吴玠、吴璘，力保秦蜀，安得南渡百余年之中国乎？然如用"瑞露"

等字,终嫌小方。

夏日偶书

蜾蠃衔虫入破窗,枕书一垛竹方床。
家童偶见草头字,误认《离骚》是药方。

郑　震　后更名起,字叔起,号菊山。闽连江人。晚为安定和
靖书院堂长。所南,其子也。

荆江口望见君山

荆江江口望漫漫,一白无边夕照寒。
只是青云浮水上,教人错认作山看。

【评】案,君山实非山,乃一方式平岛,绝无峰峦,故四面望之,皆如
一玉界尺,横在水面。此诗颇得真相。

程 俱 字致道。衢之开化人。官至徽猷阁待制。

望 九 华

　　船发大云仓五十里许,顾江南众山中,有数峰奇爽特异,一见即知其为九华。问篙人,果然。因知褚季野于广坐中识孟万年,正应如此。作诗一首。

卷帘对坐江南山,掠眼送青来亹亹。
云泉肺肠久厌饫,挂颊悠然聊复尔。
奇峰远澹忽四五,爽秀骎骎逼窗几。
平生九华盛名下,一见定知真是矣。
非关目力睹天奥,正觉群山如聚米。
好山如人有高韵,不独江州孟公子。
直缘佳处无仕径,落莫道边同苦李。
大是忘年耐久交,藜杖青鞋结终始。

【评】写得逼肖。江中望九华,颇似嘉州望峨眉也。

文天祥 生时梦紫云,故名云孙。天祥,其字也。宝祐乙卯,以字贡,遂改字宋瑞。吉州庐陵人,居文山。廷试第五,理宗擢第一。官至观文殿学士、右丞相、枢密使,加少保、信国公。宋亡,殉于燕市。

晓　起

远寺鸣金铎,疏窗试宝熏。
秋声江一片,曙影月三分。
倦鹤行黄叶,痴猿坐白云。
道人无一事,抱膝看回文。

【评】五、六即为自己写照。

夜　坐

淡烟枫叶路,细雨蓼花时。
宿雁半江画,寒蛩四壁诗。
少年成老大,吾道付逶迟。
终有初心在,闻鸡坐欲驰。

【评】音调常带清哀,《诗》所谓耿耿不寐也。公有琴诗云:"松风一榻雨潇潇,万里封疆不寂寥。闲坐瑶琴遣世虑,君恩惟恐壮怀消。"尤为凄清动人,惜未有选者。

【集评】林景熙《读文山集》曰:书生倚剑歌激烈,万壑松声助幽咽。世间泪洒儿女别,大丈夫心一寸铁!

谢　翱　字皋羽。慕屈平,托《远游》,乃号晞发子。福建长溪人。文天祥开府延平,翱以布衣谘议参军。天祥死,翱亡匿,所至辄哭。尝登子陵钓台,设天祥主号哭,以竹如意击石,歌曰:"魂朝往兮何极?莫归来兮关塞黑。化为朱鸟兮,有咮焉食!"歌毕,竹石俱碎。详《西台恸哭记》。古体多似长吉、东野。

效孟郊体

落叶昔日雨,地上仅可数。
今雨落叶处,可数还在树。
不愁绕树飞,愁有空枝垂。
天涯风雨心,杂佩光陆离。
感此毕宇宙,涕零无所之。
寒花飘夕晖,美人啼秋衣。
不染根与发,良药空尔为。

闺中玻璃盆,贮水看落月。
看月复看日,日月从此出。
爱此日与月,倾写入妾怀。
疑此一掬水,中涵济与淮。

泪落水中影,见妾头上钗。

【评】诗有奇想,视东野。殆将突过黄初。

【集评】杨慎《升庵诗话》曰:谢翱《晞发集》诗,皆精致奇峭,有唐人风,未可例于宋视之也。

同上:谢翱为宋末诗人之冠。其学李贺诗歌,入其室而不蹈其语,比之杨铁崖盖十倍矣。

吴之振等《宋诗钞》曰:古诗颉颃昌谷,近体则卓炼沉着,非长吉所及也。

过杭州故宫二首

禾黍何人为守阍,落花台殿暗销魂。
朝元阁下归来燕,不见前头鹦鹉言。

紫云楼阁宴流霞,今日凄凉佛子家。
残照下山花雾散,万年枝上挂袈裟。

【评】末句殆指杨琏真伽等,非指瀛国公。

重过二首

复道垂杨草欲交,武林无树着凌霄。
野猿引子移来住,覆尽花枝翡翠巢。

【评】翻用杜老诗意。

隔江风雨动诸陵，无主园池草自春。
闻说就中谁最泣，女冠犹有旧宫人。

【评】一时如王清惠者，当不乏人。

句

锡声归后夜，琴意满诸峰。
欲哭山阳笛，邻人亦不存。
天阴月不死，江晚汐徐生。
可与语人少，不成眠夜多。①

林景熙　字德阳，号霁山。温州平阳人。官礼部架阁。杨琏真伽发宋陵，景熙收高、孝两陵骨，与唐珏所收者，葬于兰亭，树冬青以识之。

山窗新糊有故朝封事稿阅之有感

偶伴孤云宿岭东，四山欲雪地炉红。

---

① 以上四联摘句，未标题，据《宋诗钞》，诗题分别为《悼南上人》、《哭所知》、《往姑苏与友人别杭州》、《无题》。

何人一纸防秋疏,却与山窗障北风。

【评】前清潘伯寅尚书,见卖饼家以宋版书残叶包饼,为之流涕。遇此不更,当痛哭乎!

答陈景贤

一剑挂寒壁,艰危气不衰。
鬓痕朝镜觉,书味夜灯知。
梦断潮生枕,愁新雁入诗。
思君心欲折,又负菊花期。

【集评】吴之振等《宋诗钞》曰:大概凄凉故旧之作,与谢翱相表里。翱诗奇崛,熙诗幽宛。

题陆放翁诗卷后

天宝诗人诗有史,杜鹃再拜泪如水。
龟堂一老旗鼓雄,劲气往往摩其垒。
轻裘骏马成都花,冰瓯雪碗建溪茶。
承平麾节半海宇,归来镜曲盟鸥沙。
诗墨淋漓不负酒,但恨未饮月氏首。
床头孤剑空有声,坐看中原落人手。
青山一发愁濛濛,干戈已满天南东。

来孙却见九州同，家祭如何告乃翁？

【评】事有大谬不然者，乃至于此，哀哉！

梦中作四首_{录三}

一抔自筑珠丘土，双匣犹传竺国经。
独有春风知此意，年年杜宇泣冬青。

昭陵玉匣走天涯，金粟堆前几莫鸦。
水到兰亭转呜咽，不知真帖落谁家。

珠凫玉雁又成埃，斑竹临江首重回。
犹忆年时寒食祭，天家一骑捧香来。

真山民 不传名字，亦不知何许人，但自呼山民。李生乔叹以
为不愧乃祖文忠西山，以是知其姓真。

山亭避暑

怕碍清风入，丁宁莫下帘。

地皆宜避暑，人自要趋炎。
竹色水千顷，松声风四檐。
此中有幽致，多取未伤廉。

【评】此等人不值笑骂，姑借作诗料耳。

句

归心千古终难白，啼血万山都是红。《杜鹃花》①

【评】红白巧对。又"蜂王衔早晚，燕子社春秋"②，亦此类。大略品格高而器局小。

【集评】吴之振等《宋诗钞》曰：惟所至好题咏，因流传人间，然皆探幽赏胜之作，未尝有江湖酬应语也。

郑思肖　字忆翁，号所南。福州连江人。太学上舍，宋亡客吴下。

画　兰

纯是君子，绝无小人。
空山之中，以天为春。

---

① 题，《宋诗钞》作《杜鹃花得红字》。
② 《宋诗钞》此联题作《幽居杂兴》。

【集评】《遗民录》曰：精墨兰，自更祚后，为兰不画土，根无所凭藉。或问其故，则云："地为人夺去，汝犹不知耶？"

费　氏　蜀青城人。以才色事蜀主孟昶，号花蕊夫人。

口占答宋太祖

君王城上竖降旗，妾在深宫那得知。
十四万人齐解甲，更无一个是男儿！

李清照　号易安居士。济南人。知湖州赵明诚妻。南渡后明诚先卒，年五十余矣，避乱东西奔走。无子，流寓明州以终。忌之者传其再适，《癸巳汇稿》辨之最详。

上枢密韩公工部尚书胡公

绍兴癸丑五月，两公使金，通两宫也。易安父祖出韩公门下，见此大号令，不能忘言，作诗各一章以寄意，以待采诗者云。①

① 宋赵彦卫《云麓漫钞》卷十四题作《上韩公枢密诗》，序云："绍兴癸丑五月，枢密韩公、工部尚书胡公使虏，通两宫也。有易安室者，父祖皆出韩公门下，今家世沦替，子姓寒微，不敢望公之车尘。又贫病，但神明未衰落。见此大号令，不能忘言，作古律诗各一章，以寄区区之意，以待采诗者云。"本书所选同《宋诗纪事》卷八十七。《宋诗纪事》诗末所标出处为《云麓漫钞》，则当以《云麓漫钞》为准。

三年夏六月，天子视朝久。

凝旒望南云，垂衣思北狩。

如闻帝若曰：岳牧与群后，

贤宁无半千，运已过阳九。

勿勒燕然铭，勿种金城柳。

岂无纯孝臣，识此霜露悲？

何必羹舍肉，便可车载脂。

土地非所惜，玉帛如尘泥。

谁当可将命，币厚辞益卑。

四岳佥曰俞，臣下帝所知。

中朝第一人，春官有昌黎。

身为百夫特，行足万人师。

嘉祐与建中，为政有皋夔。

汉家畏王商，唐室尊子仪。①

是时已破胆②，将命公所宜。

公拜手稽首，受命白玉墀。

曰臣敢辞难，此亦何等时。

家人安足谋，妻子不必辞。

愿奉天地灵，愿奉宗庙威。

径持紫泥诏，直入黄龙城。

北人定稽颡，侍子当来迎。

仁君方博信，狂生休请缨。

---

① 《云麓漫钞》作"匈奴畏王商，吐蕃尊子仪"。

② 《云麓漫钞》作"夷狄已破胆"。

或取犬马血，与结天日盟。

胡公清德人所难，谋同德协心志安。
脱衣已被汉恩煖，离歌不道易水寒。
皇天久阴后土湿，雨势未回风势急。
车声辚辚马萧萧，壮士懦夫俱感泣。
闾阎嫠妇亦何知，沥血投书干记室。
葵丘践土非荒城，勿轻谈士弃儒生。
露布词成马犹倚，崤函关出鸡未鸣。
巧匠何曾弃樗栎，刍荛之言或有益。
不乞隋珠与和璧，只乞乡关新信息。
灵光虽在悲萧条，草中翁仲今何若。
遗氓岂尚种桑麻，败将如闻保城郭。
嫠家父祖生齐鲁，位下名高人比数。
当时稷下纵谈时，犹记人挥汗成雨。
子孙南渡今几年，漂零遂与流人伍。
欲将血泪寄山河，去洒东山一抔土。

【评】雄浑悲壮，虽起杜、韩为之，无以过也。古今妇女，文姬外无第三人。然文姬所遇，悲愤哀痛，千古无两，私情公谊，又自不同矣。易安尚有《浯溪碑》七古二首，诗笔雄俊，而议论不免宋人意见，未录。

句

南来尚怯吴江冷，北去应悲易水寒。

南渡衣冠少王导,北来消息欠刘琨。

【评】易安诗句,多讥刺时事,故恨之者造言污蔑,无所不至矣。

汪元量 字大有,号水云。钱塘人。以善琴事谢太后、王昭仪。宋亡,随三宫留燕。后为黄冠南归,浪迹名山水间。

醉　歌 录二

乱点连声杀六更,荧荧庭燎待天明。
侍臣已写归降表,臣妾金名谢道清。

【评】有议水云诗,不应称太后名姓者。不知金名降表,当日实事,无可讳者。斥言之,正以见哀痛之极也。

南苑西宫棘露牙,万年枝上乱啼鸦。
北人环立栏干曲,手指红梅作杏花。

句

南人堕泪北人笑,臣甫低头拜杜鹃。[①]

---

① 此联摘句未标题,据《湖山类稿》,题作《送琴师毛敏仲北行》。

【集评】《四库全书总目提要》曰：其诗多慷慨悲歌，有故宫黍离之感。于宋末诸事，皆可据以征信。

李珏《书汪水云诗后》曰：水云之诗，亦宋亡之诗史也。

僧道潜　号参寥子。钱塘人。为东坡门客。

绝　句

高岩有鸟不知名，款语春风入户庭。
百舌黄鹂方用事，汝音虽好复谁听？

【评】此指一般小人之排斥元祐党者。
【集评】陈师道《送参寥序》曰：释门之表，士林之秀，而诗苑之英也。
方回《瀛奎律髓》曰：参寥诗句句平雅有味，做成山林道人真面目。
同上：参寥乃真高僧禅客诗也。
查慎行曰：参寥诗却有士气，故佳。若止高僧禅客诗，亦无取焉。（《瀛奎律髓汇评》）

临平道中

风蒲猎猎弄轻柔，欲立蜻蜓不自由。
五月临平山下路，藕花无数满汀洲。

江上秋夜

雨暗苍江晚未晴，井梧翻叶动秋声。
楼头夜半风吹断，月在浮云浅处明。

维王府园与王元规承事同赋

一霎催花骤雨来，集芳堂下锦千堆。
浪红狂紫浑争发，不待商量细细开。

蔼蔼春空宿雾披，桃溪柳陌共逶迤。
阿戎莫道无才思，细草幽花总要诗。

句

风蝉故故频移树，山月时时自近人。
好鸟未尝吟俗韵，白云还解弄奇姿。
稚子相呼入林去，应知病果落莓苔。①

【集评】苏轼《参寥子真赞》曰：与人无竞，而好刺讥朋友之过。枯形灰心，而喜为感时玩物不能忘情之语。

---

① 此三联摘句未标题，据《参寥子集》，题分别为《夏日龙井书事》四首之二、三和《秋日西湖》三首之三。

惠　洪　字觉范。江西新昌喻氏子。屡以事系狱,曾责还俗,曾配崖州,视之若无事然。工诗,古体雄健振踔,不肯作犹人语,而字字稳当,不落生涩,佳者不胜录。《宋诗钞》以为宋僧之冠,允矣。近体不如也。异在为僧而常作艳体诗,又嗜食荤,句云:"鱼虾才说口生津。"

题李愬画像

淮阴北面师广武,其气岂止吞项羽。
君得李祐不肯诛,便知元济在掌股。
羊公德化行悍夫,卧鼓不战良骄吴。
公方沉鸷诸将底,又笑元济无头颅。
雪中行师等儿戏,夜取蔡州藏袖里。
远人信宿犹未知,大类西平击朱泚。
锦袍玉带仍父风,拄颐长剑大梁公。
君看鞬櫜见丞相,此意与天相始终。

【评】抵段文昌一篇碑文,不啻过之。

瑜上人自灵石来求鸣玉轩诗会
予断作语复决堤作一首

道人去我久,书问且不数。
闻余窜南荒,惊悸日枯削。
安知跨大海,往反如入郭。

譬如人弄潮，覆却甚自若。
旁多聚观者，缩头胆为落。
僻居少过从，闲庭堕斗雀。
手倦失轻纨，扣门谁剥啄？
开关忽见之，但觉瘦矍铄。
立谈慰良若，兀坐叙契阔。
谁持稻田衣，包此剪翎鹤。
远来殊可念，此意重山岳。
悃愊见无华，语论出棱角。
为余三日留，颇觉解寂寞。
忽然欲归去，破械不容捉。
想见历千峰，细路如遗索。
相寻固自佳，乞诗亦不恶。
而余病多语，方以默为药。
寄声灵石山，诗当替余作。
便觉鸣玉轩，跳波惊夜壑。

次韵天锡提举

携僧登芙蓉，想见绿云径。
天风吹笑语，响落千岩静。
戏为有声画，画此笑时兴。
夙习嗟未除，为君起深定。
蜜渍白芽姜，辣在那改性？

南归亦何有？自负芦圌柄。

旧居悬水旁，直室如仄磬。

行当洗过恶，佛祖重皈命。

念君别时语，皎月破昏暝。

蝇头录君诗，有怀时一咏。

【评】以上数诗，何止为宋僧之冠，直宋人所希有也。

【集评】方回《瀛奎律髓》曰：觉范诗虚骄之气可掬。因读山谷诗，欲变格以从之，而力量不及，业已晚矣。

同上：觉范佳句虽多，却自是士人诗、官员诗。

贺裳《载酒园诗话》曰：僧诗之妙，无如洪觉范者。

吴之振等《宋诗钞》曰：诗雄健振踔，为宋僧之冠。

句

夜色已可掬，林光翻欲流。

一钩窥隙月，数叶搅眠秋。①

今夕亦常夕，人偏故国思。《除夕》②

最先闻杜宇，更觉近清明。

天下至穷处，风烟触地愁。

岳色堕马首，岚光忽满襟。

花枝重少人甘老，燕子空忙春自闲。

---

① 据《石门文字禅》，此诗题为《秋夕示照然》。

② 据《石门文字禅》，诗题全称为《除夕和津汝楫》。

临事无疑知道力，读书有味觉身闲。①

僧道璨 字无文。宝庆时人。住饶州荐福寺。有《柳塘外集》。

和吴山泉万竹亭

风流不减晋诸贤，冰雪精神已凛然。
岁晚莫教枝叶盛，听他明月下青天。

句

天地一东篱，万古一重九。

---

① 以上五联摘句未标题，据《石门文字禅》，分别为《清明前一日闻杜宇示清道芬》、《早
　登澄迈西四十里宿临皋亭补东坡遗》、《次韵衡山道中》、《晚步归西崦》、《二十日偶书
　二首》之二。

附　录

什么是宋诗的精华
——评石遗老人(陈衍)评点《宋诗精华录》
（商务印书馆出版）

朱自清

　　本书仿严羽、高棅的办法,分宋诗为初、盛、中、晚四期,每期的诗为一卷。第一卷选诗三十九家,一百十七首,其中近体九十六首。第二卷选诗十八家,二百三十九首,其中近体一百六十四首。第三卷选诗三十二家,二百十二首,其中近体一百八十六首。第四卷选诗四十家,一百二十二首,其中近体一百零二首。全书共选诗一百二十九家,六百九十首,其中近体五百四十八首,占百分之七十九强,可见本书重心所在。自序云:

　　　　如近贤之祧唐宗宋,祈向徐仲车、薛浪语诸家,在八音率多土木,甚且有土木而无丝竹金革。焉得命为"律和声,八音克谐"哉! 故本鄙见以录宋诗,窃谓宋诗精华乃在此而不在彼也。

开宗明义,便以近体为主。所谓"宋诗精华在此而不在彼",可以就音律而言,也可以就宋诗全体而言。照前说,老人的意见似乎和傅玉露相近;傅氏为张景星等《宋诗百一钞》《宋诗别裁》作序,有云:"宫商协畅,何贵乎腐木湿鼓!"不过傅氏就宋诗论宋诗,老人却要矫

315

近贤之弊,用意各不相同罢了。照后一说,便有可商榷处。从前翁方纲选宋人七律,以为宋人七律登峰造极。本书所录七绝最多,七律次之;多选七律,也许与翁氏见解相同。多选七绝,却是老人的创举。他说过:

> 今人习于沈归愚先生各别裁集之说,以为七言绝句必如王龙标、李供奉一路,方为正宗;以老杜绝句在盛唐为独创一格,变体也。……沈归愚墨守明人议论故耳。(《石遗室诗话》,商务本,卷三,八叶)

老人此说,也有所本。"今人"是宋湘,老人已自言之(即在引文中,文繁从略)。再远还有叶燮,他在《原诗》中说:

> 杜七绝轮囷奇矫,不可名状,在杜集中另是一格,宋人大概学之。宋人七绝,大约学杜者十六七,学商隐者十三四。

又说:

> 宋人七绝,种族各别,然出奇入幽,不可端倪处,竟有轶驾唐人者。若必曰唐,曰供奉,曰龙标以律之,则失之矣。

看了这些话,老人的多选七绝也就不足怪了。

可是若说宋诗精华专在近体,古体又怎样呢?王士祯《古诗选》录五古以选体为主,唐代只收陈、李、韦、柳而不收杜,似乎还是明人见解。七古却以为自杜以后,尽态极妍,蔚为大国,所收直到元代的虞集、吴渊颖为止。可是所选的诗似乎偏重妥帖敷愉一种,排奡者颇少。这是《宋诗钞序》所谓"近唐调"者。选宋人七古而求其"近唐调"，那么，选也可，不选也可。但是宋人古体的长处似乎别有所在，所谓"妥帖""排奡"，大概得之。五七古多如此，而七古尤然。这自然从杜、韩出，但五言回旋之地太少，不及七言能尽其所长，所以七古比五古为胜。我们可以说这些诗都在散文化，或说"以文为诗"。不过诗的意义，似乎不该一成不变，当跟着作品的变化而渐渐扩展。"温柔敦厚"固是诗，"沉着痛快"也是诗。《宋诗钞》似乎只选后一种，致为翁方纲所诋。他在《石洲诗话》中说，《宋诗钞》所选古诗实足见宋诗真面目，虽然不免有粗犷的。石遗老人论古诗，重在结想"高妙"（《诗话》十二叶）。本书所选，侧重在立意新妙，合于所论。但工于形容，工于用事，工于组织，都是宋人古体诗长处，似乎也难抹煞不论。宋人近体自"江西派"以来，有意讲求句律，也许较古体精进些；可是古体也能发挥光大，自辟门户，若以精华专归近体，似乎不是公平的议论。我想老人论古诗语，原依白石《诗说》立言，并非盱衡全局。至于选录宋诗，原是偏主近体之音律谐畅者，以矫时贤之弊；古体篇幅太繁，若面面顾到，怕将成为庞然巨帙，所以只从结想"高妙"者着手。序中"精华"云云，想是只就近体说，一时兴到，未及深思，便成歧义了。

本书分期，颇为妥帖自然。向来论宋诗的，已经约略有此界画，老人不过水到渠成，代为拈出罢了。至于选录标准，可于评点及圈点中见出。本书评点扼要，于标示宗旨和指导初学，都甚方便。大抵首重吐属大方。此事关系修养，不尽在诗功深浅上。如评钱惟演《对竹思鹤》云："有身分，是第一流人语。"（一、一）①陈与义《次韵乐文卿北园》云："五、六濡染大笔，百读不厌。"（三、一）苏轼《和子由踏青》云："不甚高妙景物，名大家能写得恰如分际，小名家则非雅事不

---

① 此为商务印书馆版《宋诗精华录》的卷数和叶数，下同。——校者注

肯落笔矣。"(二、二〇)这都说的是胸襟广阔,能见其大。又评黄鲁直《宿旧彭泽怀陶令》云:"古人命名,未尝非用意有在。但专就名字上着笔,终近小巧。"(二、二三)《题竹石牧牛》云:"用太白《独漉篇》调甚妙,但须少加以理耳。"(二、二六)按此处语太简略,其详见《诗话》十七(一叶),以为如诗语"何其厚于竹而薄于石",未免巧而伤理了。又评陈师道《妾薄命》云:"二诗比拟,终嫌不伦。"(二、二九)《放歌行》第一首云:"终嫌炫玉。"(二、三〇)所谓"不伦",当是说得太亲昵,失了身分之意。又评乐雷发《送丁少卿自桂帅移镇西蜀》云:"如用'瑞露'等字,终嫌小方。"又评文同《此君庵》云:"谚所谓'巧言不如直道'",这是墨守明人议论的所不敢说的。老人不甚喜欢禅语。评饶节云:"诗多禅语,非浅尝者比,然兹所不录。"(三、八)又评苏轼《百步洪》云:"坡公喜以禅语作达,数见无味。此诗就眼前篙眼指点出,真非钝根人所及矣。"(二、一四)老人能够领略非浅尝的禅语而不喜东坡以禅语作达,大约也是觉得他太以此自炫了。至于不选饶节禅语之作,或因禅太多而诗太少之故。不过禅学影响于诗甚大,有人说黄山谷的新境界全是禅学本领。这层似尚值得详论。大方不但指思想,也指才力。书中评严羽云:"沧浪有《诗话》,论诗甚高,以禅为喻。而所造不过如此。专宗王、孟者,囿于思想,短于才力也。"(四、六)老人论诗,所以不主一格。他说过"知同体之善,忘异量之美,皆未尝出此。"(《诗话》十二、一叶)评秦观《春日》五首之一云:"遗山讥'有情'二语为'女郎诗'。诗者,劳人、思妇公共之言,岂能有《雅》、《颂》而无《国风》,绝不许女郎作诗耶?"(二、三三)

　　大方而外,真挚与兴趣也是本书选录的标准。评苏舜卿《哭曼卿》云:"归来句是实在沉痛语。"(一、一一)评梅尧臣《悼亡》之三云:"情之所钟,不免质言,虽过当,无伤也。"(一、一三)《殇小女称称》之二云:"末十字苦情写得出。"(一、一六)评黄鲁直《次韵吴宣义三径怀友》云："末四句沉痛。"(二、二四)《次韵文潜》云："沉痛语一二敌人千百。"(二、二八)评陈师道《妾薄命》之一云："沉痛语,可以上接顾长康之于桓宣武。"(二、二九)评陆游《沈氏小园》等作云："古今断肠之作,无如此前后三首者。"(三、二八)这都是真挚之作。语不真挚而入选者也有,那必是别有可取处。评王安石《寄阙下诸父兄兼示平甫兄弟》云："虽非由衷之言,而说来故自动听。"(二、四)黄鲁直《次韵子瞻武昌西山》云："并子瞻于次山,付诸一慨,此时境地同也。"(二、二五)评尤袤《送吴待制守襄阳》云："酬应之作,然三、四下语有分寸。"(三、一三)都可见。评黄鲁直《题伯时画严子陵钓滩》云："此兴到语耳。"(二、二五)《病起荆江亭即事》十首之一云："兴会之作。"(二、二六)老人并不特别看重伫兴之作,《诗话》三有评说(四叶),所以此二诗评语也只轻描淡写出之。但于蔡襄、欧阳修、苏轼、陆游梦中四诗(一、六;一、九;二、一一;三、二七),却极端推重,以为"如有神助",甚至说"四诗之高妙,为四君生平所未曾有"(三、二七)。欧作确奇,而一句一意,没有多少组织的工夫。陆作贴切便利,"自然"可喜。苏作可称"兴会"。蔡作句奇意不奇。老人推许似乎太过了些。这和他论王安石诗,以"柳叶鸣蜩暗绿"二首压卷(二、六),同是难解。又评穆修《贵侯园》云："善戏谑兮,不为虐兮。"(一、八)孔武仲《瓜步阻风》云："第二句甚趣。"(二、三七)杨万里《题钟家村石崖》云："末七字使人失笑。"(三、二一)诗杂诙谐,杜甫晚年作品实开风气(胡适之先生《白话文学史》说)。宋人颇会学他。老人也赏识这一种的。

自来论诗文,都重模拟。死的模拟,所谓画死人坐像,不足重;重在能变化,能以故为新,所谓脱胎换骨的便是。本书评语往往指出诗句蓝本;其按而不断者都是能变化的。这种评语不但有助于诗的多义,兼能指点初学的人。有时也指出死模拟的句子,告诉人不可学。评陈师道《赠欧阳叔弼》云："末二句学杜而得其皮者,切不可学。"(三、三〇—三一)但评陈与义《再登岳阳楼感赋》云："五、六学杜而得其骨者。"(三、二)得皮是死,得骨便活了。避熟就生也是活法,也是变。评苏舜卿《中秋夜吴江亭上对月怀前宰张子野及寄君谟蔡大》云："望月怀人语数见不鲜矣,此作颇能避熟就生。"(一、一一)变化其实也是创新;纯粹的创新是可遇而不可求的。评王安石《壬辰寒食》云："起十字无穷生清新。"(二、四)苏轼《题西林壁》云:"此诗有新思想,似未经人道过。"(二、一三)杨万里《池口移舟入江再泊十里头潘家湾阻风不止》云:"写逆风全就江水西流着想,惊人语乃未经人道矣。"(三、一九—二〇)诚斋诗中,新境较多,但时流于巧,巧就不大方了。老人评徐照《柳叶词》云:"新巧而已",也不满意于那巧味。书中于用字、造句、押韵,也偶然评及。用字如陈师道《和李使君九日登戏马台》云:"三、四加'堪'字、'更'字,便不陈旧。"(二、三二)这也是变。又如文同《北斋雨后》云:"'占'字、'寻'字下得切。"(二、三六)造句如黄鲁直《宿旧彭泽怀陶令》云:"铸词有极工处。"(二、二三)唐庚、张求诗云:"工于造句。"(三、一〇)押韵如楼钥《求仲抑招游山归途遇雨》云:"押'及'韵如抛砖落地,从《左氏传》'师何及'句来。"(三、五)都颇精当。只有辩黄鲁直《醇遂得蛤蜊复索舜泉》诗中"前"字韵诸语(二、二二—三),未免牵强附会。其实那"前"字与"边"字同意,并无趁韵之嫌;"世人藉口",未知何指,似不足辩。书中尤重章句组织。评古诗常有"辞费"之语。如梅尧臣名作《范饶州坐中客语食河豚鱼》云:"此诗绝佳者,实只首四句,余皆词费。然所谓探骊得珠,其余鳞爪之物,听之而已。"(一、一二)组织工者曰"健",就是"经济的"之意。句健易,全诗健难。老人评苏轼《王维吴道子画》云:"大凡名大家诗,每篇必有一、二惊人名句,全篇方镇压得住;其鳞爪之处,亦不处处用全力也。"(二、八)这是为名大家辩护，实在是组织不容易。近体也如此，所以古今诗话，摘句者多，录全篇者少。《石遗室诗话》中论此最精云：

> 作近体诗，患在意不足。如七律诗八句，奈无八句之见，则空滑搪塞，无所不至矣。但果是作手，尚张罗得来，八句中有两三句、三四句可味，余亦可观耳。意有余，而后如截奔马，如临水送将归，非施手段善含蓄不可。意仅足，则刺溪归棹，故作从容，故有余地，工于作态而已。（《诗话》十、一叶）

书中评近体诸作，不大说及组织，实因全美的少，一一指疵，未免太烦。只有组织特别者才有说明。评郑文宝《阙题》云："案此诗首句一顿，下三句连作一气说，体格独创。唐人中唯太白'越王句践破吴归'一首，前三句一气连说，末句一扫而空之。此诗异曲同工。善于变化。"（一、二）陈师道《春怀示邻里》云："此诗另是一种结构，似两绝句接成一律。"（二、三二）杨万里《题沈子寿旁观录》云："倒戟而入作法。"（三、一九）这三首诗若不细加吟味，是会囫囵看过的。

书中选录的诗甚有别裁，而且宋人诗话中称道的，和有关诗家掌故的作品，大抵也都在选中。读此书如在大街上走，常常看见熟人。评论诗家，如王安石（二、六）、苏轼（二、一六）、黄鲁直（二、二四）、朱熹（三、一二）、陆游（三、二九）、刘克庄（四、一一）等人，语虽简短而能扼要，绝非兴到振笔者可比。至于说诗，更是老人的长处。如说王安石《元丰行》（二、一）、《明妃曲》（二、二），抉出用意，鞭辟入里，古今人所未道及。又如黄鲁直《戏作林夫人欸乃歌》之一（二、二三），时序先后，颇不易明，老人一语点破，便觉豁然。评语中也间有附会处，上文论押韵，已举一条。他如评王安石《歌元丰》云："微有杨子幼'豆落为萁'意。"（二、四）细味原诗，却绝无此意。与《元丰行》、

《后元丰行》不同,只"南山"二字,涉想过远,才有此评;但他自己也不深信,所以只说"微有"。不过书中如此附会处极少。评语中间论改诗。欧阳修《丰乐亭小饮》云:"第五句以太守而说游女丑,似未得体,当有以易之。"(一、九)原诗云:"看花游女不知丑,古妆野态争花红",这是诙谐语,与苏轼《于潜女》貌异心同;重在游女之朴真,不在品题美丑。再说诗并非作给游女看,也不是作给州民看,乃是给朋友们看的,既非宣教,何苦以体统相绳呢?又《招许主客》诗五、六句云:"更扫广庭宽百亩,少容明月放清光";评云:"'少容'若作'多容',更佳。"明月清光何限?即"横扫广庭宽百亩",岂能尽容其放开来?说"少容",是比较的多之意,意曲而趣;改"多容"就未免太"直道"了。

《国学典藏》丛书已出书目

周易 [明] 来知德 集注

诗经 [宋] 朱熹 集传

尚书 曾运乾 注

周礼 [清] 方苞 集注

仪礼 [汉] 郑玄 注 [清] 张尔岐 句读

礼记 [元] 陈澔 注

论语·大学·中庸 [宋] 朱熹 集注

孟子 [宋] 朱熹 集注

左传 [战国] 左丘明 著 [晋] 杜预 注

孝经 [唐] 李隆基 注 [宋] 邢昺 疏

尔雅 [晋] 郭璞 注

说文解字 [汉] 许慎 撰

战国策 [汉] 刘向 辑录
　　　　[宋] 鲍彪 注 [元] 吴师道 校注

国语 [战国] 左丘明 著
　　　　[三国吴] 韦昭 注

史记菁华录 [汉] 司马迁 著
　　　　[清] 姚苎田 节评

徐霞客游记 [明] 徐弘祖 著

孔子家语 [三国魏] 王肃 注
　　　　（日）太宰纯 增注

荀子 [战国] 荀况 著 [唐] 杨倞 注

近思录 [宋] 朱熹 吕祖谦 编
　　　　[宋] 叶采 [清] 茅星来等 注

传习录 [明] 王阳明 撰
　　　　（日）佐藤一斋 注评

老子 [汉] 河上公 注 [汉] 严遵 指归
　　　　[三国魏] 王弼 注

庄子 [清] 王先谦 集解

列子 [晋] 张湛 注 [唐] 卢重玄 解
　　　　[唐] 殷敬顺 [宋] 陈景元 释文

孙子 [春秋] 孙武 著 [汉] 曹操等 注

墨子 [清] 毕沅 校注

韩非子 [清] 王先慎 集解

吕氏春秋 [汉] 高诱 注 [清] 毕沅 校

管子 [唐] 房玄龄 注 [明] 刘绩 补注

淮南子 [汉] 刘安 著 [汉] 许慎 注

金刚经 [后秦] 鸠摩罗什 译 丁福保 笺注

维摩诘经 [后秦] 僧肇等 注

楞伽经 [南朝宋] 求那跋陀罗 译
　　　　[宋] 释正受 集注

坛经 [唐] 惠能 著 丁福保 笺注

世说新语 [南朝宋] 刘义庆 著
　　　　[南朝梁] 刘孝标 注

山海经 [晋] 郭璞 注 [清] 郝懿行 笺疏

颜氏家训 [北齐] 颜之推 著
　　　　[清] 赵曦明 注 [清] 卢文弨 补注

三字经·百家姓·千字文
　　　　[宋] 王应麟等 著

龙文鞭影 [明] 萧良有等 编撰

幼学故事琼林 [明] 程登吉 原编
　　　　[清] 邹圣脉 增补

梦溪笔谈 [宋] 沈括 著

容斋随笔 [宋] 洪迈 著

困学纪闻 [宋] 王应麟 著
　　　　[清] 阎若璩等 注

楚辞 [汉] 刘向 辑
　　　　[汉] 王逸 注 [宋] 洪兴祖 补注

曹植集 [三国魏] 曹植 著
　　　　[清] 朱绪曾 考异 [清] 丁晏 铨评

陶渊明全集 [晋] 陶渊明 著
　　　　[清] 陶澍 集注

王维诗集 [唐] 王维 著 [清] 赵殿成 笺注

杜甫诗集 [唐] 杜甫 著 [清] 钱谦益 笺注

李贺诗集 [唐] 李贺 著 [清] 王琦等 评注